کہانی ورثہ

(حصہ دوم / افسانے)

مرتبہ:

سید حیدرآبادی

Kahani Varasa : Part-2 *(Short Stories)*
by: Syed Hyderabadi
Edition: November '2025
Publisher :
Taemeer Publications LLC (Michigan, USA / Hyderabad, India)

ISBN 978-93-6908-437-1

کتاب	:	**کہانی ورثہ** (حصہ دوم / افسانے)
مرتب	:	**سید حیدرآبادی**
صنف	:	فکشن
ناشر	:	تعمیر پبلی کیشنز (حیدرآباد، انڈیا)
سالِ اشاعت	:	۲۰۲۵ء
صفحات	:	۱۴۰
سرورق ڈیزائن	:	تعمیر ویب ڈیزائن

فہرست

۱

ایک معمولی آدمی کی محبت

محمد جمیل اختر

وہ ایک ادھوری زندگی گزار رہا تھا، بعض لوگ ساری عمر زندہ رہنے کے باوجود مکمل زندگی نہیں گزار پاتے۔ مکمل زندگی بہت کم لوگوں کو نصیب ہوتی ہے۔

اُس کے باپ نورزمان نے دوشادیاں کر رکھی تھیں۔ دونوں بیویاں سارا دن آپس میں لڑتی رہتیں۔ نورزمان جب گھر آتا اور بیویوں کو لڑتے دیکھتا تو وہ بھی اس میدانِ جنگ میں کود پڑتا، کسی کے حصے میں اُس کا بھاری ہاتھ آتا تو کسی کے حصے میں اُس کا بھاری جوتا۔ دونوں بیویاں ایک دوسرے کو کوسنے دیتے ہوئے اپنے اپنے بچوں کو سمیٹتی ہوئی اپنے کمروں جا کر دبک جاتیں۔ جن بچوں کی وجہ سے عموماً لڑائی ہوتی تھی، نورزمان انہیں بھی مارنا اپنا فرض سمجھتا تھا اُسے اپنے باپ سے ڈر لگنے لگا تھا۔ اُسے لگتا کہ اُس کے باپ کو اُس سے ذرا بھی محبت نہیں، ورنہ وہ اتنی بے دردی سے انہیں کبھی نہ مارتا۔ ایسے پر تشدد ماحول میں کسی کا حساس دل کے ساتھ پیدا ہو جانا ناقابلِ تلافی جرم ہے۔ جس کی سزا تمام عمر بھگتنا پڑتی ہے۔

دانش بھی یہ سزا بھگت رہا تھا۔ اندر ہی اندر اُس کی یہ خواہش تھی کہ کوئی اُس سے بھی محبت کرے، کوئی کہے کہ دانش تم کتنے اچھے ہو کتنے لیکن اُسے تو کبھی کسی نے محبت سے

نہیں پکارا تھا۔ وہ گاوں کی نہر کے کنارے بیٹھ کر اکثر سوچتا رہتا تھا کہ کاش وہ کوئی پرندہ ہوتا پرندے ایک ساتھ اڑتے ہیں، ایک ساتھ دانہ چگتے ہیں تو پرندوں کو یقیناً آپس میں ایک دوسرے سے بے پناہ محبت ہوتی ہو گی، تبھی تو وہ ایک ساتھ ایک قطار میں اڑتے ہیں۔ کاش! وہ ایک پرندہ ہوتا، اِس تنہائی کا احساس اُس کے اندر دن بہ دن شدید تر ہوتا جا رہا تھا۔

اپنے باپ کی مار سے بچنے کے لیے اُس نے کتابوں میں پناہ لے لی۔ وہ دن رات پڑھتا رہتا جس کا نتیجہ یہ نکلا کہ وہ پڑھائی میں بہت تیز ہو گیا۔ ایف اے کرنے کے بعد وہ محکمہ ڈاک لاہور میں جونیئر کلرک بھرتی ہو گیا اور اُس نے گاؤں کو خیر آباد کہہ دیا۔ لاہور میں اُس نے ایک کرائے کا مکان لے لیا جس کی اوپری منزل پر اُس کا مالک مکان منصور اپنے بیوی بچوں کے ساتھ رہائش پذیر تھا۔

ایک عمر تک وہ اس خواہش میں مارا مارا پھرتا رہا کہ اُس سے کسی کو محبت ہو جائے اور کوئی پاگلوں کی طرح دیونہ وار اُس سے محبت کرے، لیکن ایسا نہیں ہوا۔ بہت سی آنکھوں میں اُس نے اِس امید سے جھانکا کہ شاید اِن میں اُس کا عکس ہو لیکن ایسا کبھی ہوا نہیں۔ وہ ایک معمولی آدمی تھا، ایک معمولی جونیئر کلرک جو پورا دن فائلوں کے بوجھ تلے دبا رہتا، سارا دن ٹھک ٹھک ٹائپنگ کر کے افسر کے آگے کاغذات لے کر جاتا ہوا معمولی سا آدمی، جس کا لکھا ہوا کاغذ صاحب ایک بار دیکھتے اور نخوت سے اس کی طرف اچھالتے ہوئے کہتے:"

"یہ ٹھیک نہیں ہے تم اس میں ایسے یہ تبدیلی کرو۔" اور جب وہ یوں کر کے بھی لے آتا تھا تو پھر صاحب کہتے:

" میں نے تو یوں نہیں کہا تھا، تمہارے پاس الفاظ کا ذخیرہ کم ہے، اپنی Vocabulary بڑھاؤ، تھوڑی محنت کرو اور اِس درخواست کو پھر سے لکھو۔"

وہ پھر چلا جاتا۔ ڈکشنری سے نئے نئے الفاظ چن کر ٹھک ٹھک کرتا نئے سرے سے درخواست ٹائپ کرتا، لیکن اکثر ہی جب وہ درخواست پھر سے ٹائپ کر کے لاتا تو صاحب کا گھر جانے کا وقت ہو جاتا۔ شام کو وہ ٹینس کھیلتے تھے سو جلدی گھر چلے جاتے کیوں کہ وہ صاحب تھے، لیکن ایک جونیئر کلرک ان سے سوال نہیں کر سکتا تھا، اور جاتے ہوئے صاحب اُس سے یہ ضرور کہتے کہ سارا دن تم سے ایک صفحہ نہیں لکھا جاتا، اگر اِسی طرح کام چوری کرتے رہے تو تمہارا کچھ کرنا پڑے گا۔ وہ چوں کہ معمولی آدمی تھا لہٰذا معذرت ہی کرتا رہ جاتا کہ آئندہ وہ کوشش کرے گا کہ کام بہتر طریقے سے کر سکے اور یہ اُس کا روز کا معمول تھا۔

ایسے میں دفتر کا کوئی ساتھی جب اپنی محبت کا کوئی قصہ سناتا تو اُسے لگتا کہ یہ سب جھوٹ ہے، ایسا بھلا کیسے ممکن ہے۔ اگر ایسا ہوتا تو کوئی اُس سے بھی محبت کرتا۔

اُس کے کمرے میں ہر طرف کتابیں ہی کتابیں تھیں۔ وہ اب ناولز پڑھ پڑھ کر اکتا گیا تھا۔ اُسے یہ سب کہانیاں جھوٹ لگنے لگی تھیں، ایسے ہی جیسے اُسے اپنے ساتھی اہل کاروں کی باتیں جھوٹ لگتی تھیں۔ نہ اُس سے کسی کو محبت ہوئی تھی اور نہ ایسے جذبات اُس کے اندر کسی کے لیے پیدا ہوئے تھے۔ اب وہ صرف فلسفے کی کتابیں پڑھتا تھا۔

اپنے مالک مکان منصور صاحب سے اُس کی معمولی سلام دعا تھی لیکن پھر ایک ایسا واقعہ ہوا کہ یہ منصور صاحب کے گھر کا فرد ہی سمجھا جانے لگا۔ ہوا کچھ یوں کہ ایک شام یہ دفتر سے گھر آ رہا تھا۔ ابھی وہ گلی کی نکڑ پر ہی تھا کہ اُس نے دیکھا کہ اُس کے گھر کے باہر لوگوں کا ہجوم ہے۔ وہ پریشانی میں دوڑتا ہوا وہاں پہنچا تو معلوم ہوا کہ منصور صاحب کا چھ سالہ اکلوتا بیٹا گلی میں کھیل رہا تھا کہ کوئی موٹر بائیک والا ٹکر مار کر اسے بھاگ گیا ہے۔ بچے کی ٹانگ سے خون بہہ رہا تھا اور منصور صاحب اپنی دکان سے ابھی گھر پر نہیں آئے تھے۔ وہ

بھاگ کر ٹیکسی پکڑ لایا اور بچے کو ہسپتال پہنچایا، او نیگیٹو خون کی ضرورت پڑی تو وہ بھی اس نے دے دیا کہ اُس کا بلڈ گروپ یہی تھا۔ قصہ مختصر کہ جب منصور صاحب ہسپتال پہنچے تو بچے کی حالت سنبھل چکی تھی۔ منصور صاحب کو بھابھی ثانیہ نے جب دانش صاحب کی رحم دلی کے بارے بتایا تو انہوں اٹھ کر دانش کو گلے سے لگایا کہ بھائی میں تمہارا یہ احسان عمر بھر نہیں اتار سکتا، آج سے تم میرے بھائی جیسے ہو۔ اُس دن کے بعد جب وہ شام کو گھر آتا تو ثانیہ بھابی بچوں کے ہاتھ ان کے لیے کھانا بھیج دیتیں، کبھی کبھار منصور صاحب ہاتھ پکڑ کر لے جاتے کہ آئیں جناب! ایک کپ چائے ساتھ میں پیتے ہیں۔ اب اُس کی تنہائی کچھ کم ہوئی تھی لیکن رات کو کوئی شاعری کی کتاب پڑھتے ہوئے جب وہ کوئی شعر گنگناتا تو تنہائی کا احساس شدید ہو جاتا اور اُسے محسوس ہوتا کہ وہ گاوں میں نہر کنارے بیٹھا ہے اور پرندوں کو دیکھتے ہوئے سوچ رہا ہے کہ کاش وہ بھی کوئی پرندہ ہوتا۔ آخر اُس سے کوئی کب محبت کرے گا؟

ایک شام جب وہ دفتر کی ٹھک ٹھک سے اکتا کر گھر واپس آیا تو اوپر سے منصور بھائی کہ آواز آئی:

"بھائی اوپر آیئے! چائے بھی پیجیۓ اور کچھ مہمانوں سے مل بھی لیجیے، انہیں بھی آپ کی طرح کتابیں پڑھنے کا بہت شوق ہے"

جب وہ اوپر گیا تو معلوم ہوا کہ ثانیہ بھابھی کی چھوٹی بہن بہاول پور سے یہاں چھٹیاں گزارنے آئی ہوئی ہیں۔

تانیہ نے انگلش لٹریچر میں ماسٹرز کر رکھا تھا اور وہ ٹالسٹائی، تھامس ہارڈی اور ورجینا وولف کے ناولز کی شیدائی تھی۔ دانش کو ایسے لگا کہ یہی ہے وہ چہرہ، یہی ہے وہ لڑکی کہ جس کے لیے وہ تیس سالوں سے منتظر تھا۔ اُسے ایسی ہی کسی لڑکی کی تلاش تھی۔ اب اُس کے

دن رات بدل گئے، اُسے اب ٹائپنگ کی ٹھک ٹھک سے چڑ بھی نہ ہوتی تھی۔ وہ اپنے افسر کا کام خوشی خوشی کرنے لگا تھا اور اب اُسے ناولز میں لکھی کہانیاں سچ لگنے لگی تھیں۔ اُسے تانیہ سے محبت ہوگئی تھی جس کا وہ سالوں سے منتظر تھا اُس نے نئے سرے سے اینا کرینینا، ٹو دی لائٹ ہاوس، دی مئیر آف کاسٹر برج وغیرہ کو پڑھا۔ اب وہ ہر شام چائے پر تانیہ سے مختلف کتابوں پر گفتگو کرتا۔ اُسے لگتا کہ تانیہ کو بھی اُس سے محبت سی ہوگئی ہے کہ وہ جب بھی شام کو پہنچتا تو وہ ایک نئی کتاب پر گفتگو کے لیے اس کی منتظر ہوتی، دانش کا خیال تھا کہ بغیر محبت کے بھلا آپ کسی کے منتظر کیسے ہوسکتے ہیں؟ سو تانیہ کو بھی اُس سے محبت ہو گی۔ اور یہ خیال اسے مسرور کر دیتا۔

جوں جوں تانیہ صاحبہ کی واپسی کے دن قریب آتے جا رہے تھے، وہ پریشان سا رہنے لگا، وہ سوچتا کہ اُسے اپنی محبت کا اظہار کر دینا چاہیے، وہ ساری ساری رات سوچتا رہتا آخر وہ ہی کیوں نہیں کہہ دیتی، لیکن پھر وہ کہتا ایسا بھلا کیسے ممکن ہے، وہ لڑکی ہے اور مشرق میں لڑکیاں اظہار میں پہل نہیں کرتیں۔ وہ سوچتا کہ وہ ضرور اُس کے اظہار کی منتظر ہو گی۔

پھر وہ دن آ گیا کہ جب تانیہ نے واپس جانا تھا۔ جونیئر کلرک اپنے کمرے میں شیشے کے سامنے کھڑا ہو کر اظہارِ محبت کے لیے الفاظ تلاش کر رہا تھا۔ اُسے ایسا محسوس ہو رہا تھا کہ اس کے پاس سارے الفاظ ختم ہو گئے ہیں اور اسے اظہار کے لیے نئے الفاظ ایجاد کرنا پڑیں گے۔ اُس نے کمرے میں پڑی بے شمار کتابوں کی جانب دیکھا کہ شاید وہ کسی کتاب کے الفاظ دہرا سکے۔

"نہیں! یہ ٹھیک نہیں آخر اس میں اتنی پریشانی کی کیا بات ہے؟ اُس نے سوچا وہ جا کر کہہ دیتا ہے مجھے تم سے محبت ہے اور میں تم سے شادی کرنا چاہتا ہوں، بس اتنی سی بات ہے۔ اُس نے خود کو حوصلہ دیا اور سیڑھیاں چڑھ کر اوپر گیا۔ تانیہ سامان پیک ہو چکا تھا اور

منصور بھائی ٹیکسی لانے گئے ہوئے تھے جب کہ بھابی کچن میں تھیں۔

"تو آپ جا رہی ہیں؟" اس نے ڈرتے ڈرتے بات کا آغاز کیا۔

"جی دانش صاحب! جانے کا وقت ہو گیا، یقیناً آپ جیسے ادبی دوست کی کمی محسوس ہو گی وہ ٹالسٹائی اور ورجینیا وولف کے ناولز پر کی گئی ساری باتیں بہت یاد آئیں گی، بلاشبہ بہت اچھا وقت گزرا یہاں"۔ تانیہ اس کی طرف دیکھتے ہوئے بڑے دوستانہ لہجے میں اس سے بات کر رہی تھی۔

"بہت شکریہ! اور وہ، وہ" الفاظ گلے میں اٹک گئے۔

"جی کہیے!" تانیہ نے کہا۔

"وہ منصور بھائی کہاں ہیں؟" معلوم نہیں اُس نے یہ بات کیوں پوچھی تھی حالاں کہ اُسے معلوم تھا کہ وہ ٹیکسی لینے گئے ہیں۔

"وہ ٹیکسی لینے گئے ہیں" تانیہ نے اسے بتایا۔

"ہاں وہ تو ٹیکسی لینے گئے ہیں۔" اُس نے لفظ دہرائے۔

"وہ میں کہنا چاہتا تھا کہ۔۔۔ کہ۔" جونیئر کلرک کی Vocabulary ختم ہو چکی تھی اور ذہن میں ٹھک ٹھک کی آواز گونج رہی تھی۔

اُسے شدت سے احساس ہوا کہ اگر آج وہ کچھ نہ کہہ سکا تو تمام عُمر خود کو کبھی معاف نہیں کر سکے گا۔ اُس نے الفاظ کو پھر سے ترتیب دیا اور ایک لمبا سانس لیا۔ ابھی اُس نے ایک لفظ بھی ادا نہ کیا تھا کہ تانیہ بول پڑی:

"مجھے بھی آپ سے کچھ کہنا تھا، دسمبر میں منصور بھائی اور ثانیہ آپی میری شادی پر بہاول پور آئیں گے تو آپ بھی ضرور آیئے گا؟" معلوم نہیں وہ اور کیا کیا کہہ رہی تھی، دانش کے دماغ میں تو بس ٹھک ٹھک کی آواز چل رہی تھی۔

"آپ آئیں گے نا؟" تانیہ نے قدرے اونچی آواز میں پوچھا

اور وہ کچھ کہے بغیر وہاں سے نکل آیا اور سڑکوں پر بے مقصد دوڑنے لگا۔ وہ پرندوں کیساتھ اڑنا چاہتا تھا، اُسے ایسا محسوس ہو رہا تھا کہ جیسے وہ اب بھی گاوں میں نہر کنارے بیٹھا ہے اور سوچ رہا ہے کہ کاش! وہ پرندہ ہوتا۔۔۔

***

۲

میخیں

منیر احمد فردوس

"منو پتر! جا بھاگ کے جا، بازار سے تین انچی والی میخیں لے کے آ۔" بابا نے مجھے پانچ روپے کا نوٹ پکڑاتے ہوئے کہا اور میں پیسے لے کر بازار کی طرف دوڑ پڑا۔

کئی راتوں سے یہ خواب میری آنکھوں سے چمٹا ہوا تھا اور میں تحیر خیز لمحوں میں جکڑا ہوا تھا کہ بابا کیوں بار بار خواب میں آ کے مجھے میخوں کا کہہ رہے ہیں؟ میرے پلے کچھ نہیں پڑ رہا تھا۔ وہ زندہ ہوتے تو پوچھ بھی لیتا مگر انہیں تو فوت ہوئے چند برس بیت گئے تھے۔ بابا ہر دوسرے تیسرے روز خواب میں آ کر بالکل اُسی طرح مجھے میخیں لینے بھیج دیتے جیسے وہ فرنیچر کی دکان پر کام کرتے ہوئے بچپن میں مجھے کہا کرتے تھے:

"منو پتر! جا بھاگ کے جا، بازار سے تین انچی والی میخیں لے کے آ۔"

پہلے تو میں نے خواب پر کوئی خاص توجہ نہ دی مگر ایک رات بابا جب لہولہان آنکھوں کے ساتھ میری نیندوں میں داخل ہوئے تو میرے اوسان خطا ہو گئے۔ ان کی آنکھوں میں تین انچی والی میخیں اتری ہوئی تھیں اور ان کے ہونٹوں پہ ایک ہی بات جاری تھی:

"منو پتر! جا بھاگ کے جا، بازار سے تین انچی والی میخیں لے کے آ۔"

بابا کی یہ حالت اور خون اُگلتا خواب میرے اعصاب پر ایسا سوار ہوا کہ نیند میری

آنکھوں سے رخصت ہو گئی جیسے زندہ وجود کو روح چھوڑ کر چلی جائے۔ میں سوچوں کے جزیرے کی طرف جا نکلا کہ بابا آخر مجھ سے کیا کہنا چاہتے ہیں؟ بظاہر میری زندگی بہت آسودہ تھی۔ ایسا کوئی دکھ یا پریشانی لاحق نہیں تھی جو مجھے بے خوابی کے جنگلوں میں لا پھینکتی۔ جہاں سے فرار ہونے کے میں سو سو جتن کرتا مگر رتجگوں کے لشکر مجھ پر حملہ آور ہو کر میری نیندوں پر قبضہ کر چکے تھے۔ ہر وقت بابا کی خون ٹپکاتی آنکھیں میری نگاہوں میں گھوم جاتیں اور ان کی ایک ہی بات میری سماعتوں میں اودھم مچانے لگتی:

"مُنو پتر! جابھاگ کے جا، بازار سے تین انچی والی میخیں لے کے آ۔"

پتہ نہیں کیوں یہ بات میرے دل دماغ میں جڑ پکڑ گئی کہ خواب کو نظر انداز کرنے سے بابا مجھ سے ناراض ہو گئے ہیں اور جاتے وقت میری آنکھوں کے ساحل سے نیند کے سارے سیپ بھی چن کر ساتھ لے گئے ہیں۔ بابا کی ناراضی کی گرد سے اٹا میں کئی بار ان کی قبر پر بھی گیا، وہاں بیٹھ کر ان سے اپنی کوتاہی کی معافی مانگی، آنسو بہائے مگر کچھ بھی کام نہ آیا۔ نہ میری آنکھوں میں نیند کی بارش ہوئی اور نہ ہی خوابوں کے راستے بابا پھر مجھ سے ملنے آئے۔ راتیں میری نیند کا راستہ روکے میری آنکھوں میں کھڑی ہو گئی تھیں۔

آج رات بھی بستر پر بے چینی سے کروٹیں بدلتا میں نیند کا شکار کرنے کے لئے مسلسل جاگ رہا تھا اور رت جگے کی اذیت میرے چہرے پر شکنیں بچھا رہی تھی۔ کمرے میں چاروں طرف بابا کی سرخ آنکھیں تھیں اور ان کا گونجتا ہوا جملہ تھا:

"منو پتر! جابھاگ کے جا، بازار سے تین انچی والی میخیں لے کے آ۔"

نیند میری حسرت بن کے بابا کو آوازیں دینے لگی کہ صرف ایک بار وہ میرے خواب میں آئیں تو میں بابا سے معافی مانگتے ہوئے پوچھوں کہ بابا! مجھ سے ایسی کیا خطا ہو گئی کہ آپ نے مجھے خوابوں میں بھی دھتکار دیا۔

میں سوچوں کے انبار میں سے اِس اذیت سے نجات کا راستہ ڈھونڈنے لگا کہ آخر اس خواب کی جڑیں کہاں پیوست ہیں؟ گھنٹوں سوچتے سوچتے اچانک میرے ذہن کے دریچوں سے ایک گلی جھانکنے لگی۔

"ارے یہ گلی؟" میں چونک اٹھا۔ یہ تو وہی گلی تھی جہاں میرا بچپن کسی ہریالی بیل کی طرح سے پھیلا ہوا تھا۔ کہیں اس خواب کا تعلق اس گلی سے تو نہیں ہے؟ ایک دم سے مجھے خیال سوجھا اور میں اس خیال کی انگلی تھام کر اس کے ساتھ ہی اڑتا چلا گیا۔ جوں جوں اڑتا گیا، خواب پر سے دھول ہٹتی گئی۔

"ہو نہ ہو یہ خواب اسی گلی میں ہی کہیں پڑا ہوا ہے۔" میرا گمان مجھ سے مخاطب ہوا اور میں خیالوں کی رتھ میں سوار برسوں کی مسافت لمحہ بھر میں طے کرتا اس گلی میں پہنچ گیا جہاں ہر وقت بابا کا یہ جملہ میری سماعتوں میں بارش کے قطروں کی طرح ٹپکتا رہتا:

"منو پتر! جا بھاگ کے جا، بازار سے تین انچی والی میخیں لے کے آ۔"

وہ گلی میرے ذہن کے پردے پر پوری طرح سے جاگ اٹھی، اس کے ساتھ ہی اچانک اُن دو لال آنکھوں نے مجھے جکڑ لیا جن کے خوف سے میں بچپن میں رضائی کے اندر منہ چھپائے سو جایا کرتا۔ میں وقت کی چالوں پر حیران تھا جس نے میری یادداشتوں سے وہ آنکھیں بالکل ہی مٹا دی تھیں جن کا ایک عرصے تک میری نفسیات پر گہرا اثر رہا مگر اب مجھے یوں لگا جیسے ماضی کی دہلیز سے جھانکتی وہ لال آنکھیں مجھے گھور رہی ہیں جن کی مجھے آج بھی ضرورت ہے۔ جن میں گہری نیندوں کے راز چھپے ہوئے تھے۔ میں اسی لمحے میں ہی ٹھہر گیا۔ وہ گھورتی آنکھیں آہستہ آہستہ میرے وجود میں اترنے لگیں اور مجھ پر وہی بچپن والی کیفیات طاری ہونے لگیں۔ ان سے جھانکتا خوف مجھے دھیرے دھیرے گھیر رہا تھا کہ اچانک بجلی چلی گئی اور اس لمحے نے مجھے گلی سے اٹھا کر کمرے میں لا پھینکا، جس نے اندھیرا

اوڑھ لیا تھا۔ میں نے اٹھ کر موم بتی جلائی۔ ٹک ٹک کرتے گھڑیال پر نظر ڈالی تو رات کے تین بج رہے تھے۔ بظاہر تو میں بچپن کے جادوئی لمحوں میں سانس لیتی اس گلی سے لوٹ آیا تھا مگر وہ گلی میرے اندر دور دور تک بچھتی چلی گئی جن کے ساتھ جڑے کچھ شناسا چہرے بھی جاگ اٹھے تھے۔ ان میں وہ لال آنکھیں بھی شامل تھیں جو میرے اندر خوف بویا کرتی تھیں۔ برسوں بیت گئے تھے مجھے اس گلی میں قدم رکھے ہوئے، جس نے مجھے پال پوس کر بڑا کیا تھا۔ اسے دیکھنے کی شدید خواہش میرے اندر جاگ اٹھی اور صبح میں نے وہاں جانے کا تہیہ کر لیا۔

میں مدت بعد اس گلی میں کھڑا تھا جہاں چپے چپے پر میری یادوں کے ڈھیر لگے ہوئے تھے۔ میری چاپ سنتے ہی وقت کے دبیز پردوں میں خوابیدہ منظر انگڑائیاں لے کر بیدار ہو گئے، جن میں میری دی ہوئی سانسیں دوڑ رہی تھیں۔ میں جس طرف بھی نگاہ ڈالتا وہاں سے کوئی نہ کوئی منظر مجھے آواز دینے لگتا۔ گلی میں بکھری انگنت یادیں میرے دامن سے یوں لپٹ گئیں جیسے وہ برسوں سے میری ہی راہ دیکھ رہی تھیں۔ میں اُن بیتے لمحوں میں اتر کر ایسا کھویا کہ آس پاس سے بے خبر گلی کے ایک ایک حصے کو دیکھتا ہوا عین اس جگہ پر آٹھہرا جہاں بابا کی فرنیچر کی دکان ہوا کرتی تھی اور وہ کام کرتے کرتے اچانک مجھ سے کہہ اٹھتے:

"منو پتر! جا بھاگ کے جا، بازار سے تین انچی والی میخیں لے کے آ۔"

گزرے وقتوں سے سفر کرتا ہوا یہ جملہ پھر سے میری سماعتوں میں گونجنے لگا مگر یہ دیکھ کر میرے دل میں کٹاری سی چل گئی کہ اب وہاں بابا کی چوبی دروازے والی بوسیدہ دکان کا نام و نشان تک نہیں تھا، جس کا زنجیر نما آہنی کنڈہ لٹکتا رہتا تھا۔ کہن سالی نے دکان کو ہڑپ کر کے اس کی جگہ پختہ اینٹوں والا مکان کھڑا کر دیا تھا، شاید اسی کے اندر ہی بابا کا جملہ کہیں

دفن پڑا تھا۔ پتہ نہیں وہاں اب کون رہتا تھا مگر میں نے پکی اینٹوں والی دیوار کو بابا کی دکان سمجھ کر ہاتھ پھیرا تو دفعتاً وقت کی سرحدوں کے اس پار سے مجھے بابا کی ہتھوڑی کی "ٹھک ٹھک" اور آری چلنے کی "زی زی" کی کھردری آوازیں صاف سنائی دینے لگیں۔ میں چشمِ تصور سے حسرت بھری نظروں سے اس عالیشان مکان کی جگہ بابا کی کچی اور بھُرتی ہوئی دکان کو دیکھنے لگا، جس کے ٹیڑھے میڑھے کالے شہتیروں کو دیمک چاٹتی رہتی اور کچی دیواروں سے جھڑتی مٹی اُس کی خستہ حالی کا اعلان کرتی رہتی تھی مگر بابا بے فکری کی دولت سے مالا مال دھوتی باندھے، قمیص اتارے، کام میں جتے پسینے بہا بہا کر شام کو بچوں کے لئے حق حلال کی سانسیں کما کے گھر لے جایا کرتے تھے۔ ایسی کتنی ہی یادیں کونوں کھدروں سے نکل کر میرے سامنے دوزانوں بیٹھتی چلی گئیں۔ اچانک دھول میں اٹی ایک یاد میرے سامنے آن کھڑی ہوئی اور اس کے اندر دھڑکتا منظر مجھے پکارنے لگا۔ میں نے اس میں جھانکا تو مجھے بابا کی دکان صاف دکھائی دینے لگی۔ میں کچی عمر کا لڑکا دکان کے باہر بیٹھا بیروں کی گول گول گٹھلیوں سے کنچے کھیل رہا تھا اور بابا پسینے میں شرابور آری چلاتے ہوئے لکڑی چیرنے میں مصروف تھے، جس سے نکلتا بُورا اڑ اڑ کر ان کی بانہوں سے چمٹ رہا تھا۔ کام کرتے کرتے بابا ایک دم سے اٹھ کھڑے ہوئے اور رومال سے بُورا جھاڑتے ہوئے بولے:

"مُنو پتر! دکان کا خیال رکھنا، میں ابھی تھوڑی دیر میں آتا ہوں۔"

"جی بابا جی!" میں نے فرمانبرداری سے کہا۔ زمین پر بکھری بیر کی گٹھلیاں جلدی جلدی اٹھائیں اور انہیں جیب میں ڈالتا اٹھ کھڑا ہوا۔

بابا دکان سے باہر نکل کر سامنے والی جگہ جگہ سے چھدری ہوئی کچی دیوار کے سائے میں جا کھڑے ہوئے جہاں آرا مشین لگی ہوئی تھی اور لکڑی چِرنے کی تیز و تند آوازوں سے گلی ہر وقت چنگھاڑتی رہتی۔ اُس روز ہلکی ہلکی بارش ہو رہی تھی۔ بابا وہاں تھوڑی دیر تک

کھڑے اِدھر اُدھر دیکھتے رہے، جیسے انہیں کسی کا انتظار ہو اور پھر وہ بازار کی طرف چل دیئے۔ ان کے جاتے ہی بارش تیز ہوگئی اور میں جلدی سے دکان کے اندر جاکے لکڑی کے لمبوترے تختے پر جاکے بیٹھ گیا جسے بابا اڈا کہا کرتے اور وہاں بیٹھ کر رندے سے لکڑیوں کو چھیل مُوچھ کر ان کا کھردرا پن چن لیا کرتے تھے۔ بابا کو گئے ہوئے دو ہی منٹ گزرے تھے کہ اچانک آرا مشین کی کچی دیوار دھڑام سے عین اس جگہ پر آگری جہاں کچھ دیر پہلے بابا موجود تھے۔ کچی اینٹیں اور مٹی کے بڑے بڑے ڈھیلے سیدھا دکان کے اندر آکر گرے اور ہر طرف گردو غبار کے بادل چھا گئے جن میں میری چیخیں دب کر رہ گئیں۔ دیوار گرتی دیکھ کر میرے ہوش جاتے رہے اور میں روتے ہوئے "بابا بابا" پکارنے لگا۔ بابا جب واپس آئے تو میں ان سے لپٹ کر خوب رویا اور انہوں نے مجھے اٹھا کر اپنی بانہوں میں یوں سمیٹ لیا جیسے زمانے بھر کے حادثے میرے پیچھے پڑے ہوں۔ مگر اب نہ بابا کی دکان تھی، نہ ہتھوڑی کی ٹھک ٹھک، نہ لکڑی چرنے کی چنگھاڑتی آوازیں اور نہ ہی بابا کی مضبوط پناہیں۔۔۔ آرا مشین کی جگہ پر اب پکی اینٹوں والی دکانیں پھیلی ہوئی تھیں، جن کے اندر میری بے شمار یادیں مقفل پڑی تھیں۔

میں وہاں کھڑا یادوں کے ہجوم میں گھرا ہوا تھا کہ اچانک اُس گھر سے ایک ننگ دھڑنگ بچہ نکلا اور نکلتے ہی دیوار کے ساتھ بیٹھ کے پیشاب کرنے لگا۔ دوڑتے قدموں کی آوازیں سن کر میری ساری یادیں ایک دم سے کونوں کھدروں میں چھپ گئیں۔ اس دوران اگر میں جھٹ سے پیچھے نہ ہٹتا تو پیشاب کی دھار میری شلوار پر پڑ چکی ہوتی۔ مجھے لڑکھڑاتا دیکھ کر وہ بچہ اپنے پیلے پیلے دانت نکال کر "کھی کھی" ہنسنے لگا، جس کے پیشاب کی دھاریں عجیب ٹیڑھے انداز میں نیم دائرہ بناتی ہوئیں "شررررررر" کی آواز کے ساتھ گلی کے عین وسط میں پڑنے لگیں۔ مجھے اس کی بدتمیزی پر شدید غصہ آگیا۔ دنیا کہاں سے کہاں

پہنچ گئی تھی اور ہم ابھی تک گلی کوچوں میں رفع حاجت والے برسوں پرانے سسٹم کو ہی نہیں بدل پائے تھے۔ میں غصے کے عالم میں اسے کچھ کہنے ہی لگا تھا کہ وہ مثانہ خالی کرتا اور قطرے ٹپکاتا ہوا پلک جھپکتے میں گھر کے اندر یہ جا وہ جا ہو گیا۔ اس کا غصہ ابھی اترا نہیں تھا کہ اس دوران ایک منچلا کانوں میں ایئر فون لگائے بائیک پر سوار "زوں زوں" کرتا گلی میں رینگتے پیشاب پر سے چھینٹیں اڑاتا اور میرے کپڑوں کو پلید کرتا ہوا وہاں سے گزر گیا۔ میں اپنا سا منہ لے کر رہ گیا یعنی یک نہ شد دو شد۔

"اوئے!" میں شدید جذباتی انداز میں زور سے چلایا مگر اس لڑکے کے کان پر جوں تک نہ رینگی اور وہ بائیک دوڑاتا ہوا غائب ہو گیا۔

"کیسی بد تہذیب نسل ہو گئی ہے ہماری۔" میں غصے سے بڑبڑایا اور اپنی شلوار کو دیکھنے لگا جہاں پیشاب کے بڑے بڑے داغ پڑ چکے تھے۔ میں نے گلی میں نگاہ دوڑائی، دور کہیں لڑکے کرکٹ کھیل رہے تھے اور ان کے علاوہ گلی میں کوئی بھی نہیں تھا۔ میں نے واپس مڑتے ہوئے خشمگیں نظروں سے اس دیوار کی طرف دیکھا جو پیشاب کی وجہ سے اب گیلی ہو چکی تھی۔

"ارے یہاں تو جانو چاچا کا تندور ہوا کرتا تھا۔" دفعتاً میرے کانوں میں کوئی یاد منمنائی اور میں چونک کر اس دیوار کو غور سے دیکھنے لگا۔ واقعی اِس جگہ پر تو جانو چاچا کا بانس کی کچی چھپر والا تندور ہوتا تھا اور بابا کی دکان کے آس پاس ذائقہ دار ترکاریوں کی اشتہا انگیز خوشبو پھیلی رہتی تھی۔ میرے ذہن کے دھندلکوں میں سے ایک منظر نمودار ہونے لگا اور کچھ ہیولے حرکت کرتے نظر آنے لگے۔ میں نے آنکھیں ان پر گاڑ دیں۔ دھند میں مجھے کسی کے لڑنے جھگڑنے کی آوازیں آنے لگیں، جو میری سماعتوں کو مانوس سی لگ رہی تھیں۔ منظر بالکل واضح ہو چکا تھا اور کچی مٹی کے بنے تھڑے پر بیٹھا ایک شخص دھواں

اگلتے تندور کو سلگانے کی کوشش کر رہا تھا۔

"ارے یہ تو جانو چاچا ہے۔" میں چونک اٹھا۔

"تم نے ابھی تک سالن کا پتیلا نہیں چڑھایا؟ یہاں بیٹھی کیا کر رہی ہو نکمی عورت؟ تھوڑی ہی دیر میں گاہک آ جائیں گے۔ اٹھو دفع ہو یہاں سے۔" جانو چاچا تندور پر بیٹھا حسبِ معمول اپنی بیوی پر برس رہا تھا، جو اس کے پیچھے کونے میں زمین پر بچھے پھوہڑ پر بیٹھی حقہ گڑ گڑا رہی تھی۔

"میں تمہاری نوکرانی نہیں ہوں کہ ہر کام میں تمہارا ہاتھ بٹاؤں۔ تمہارا تندور ہے، تمہارے گاہک ہیں، تم ہی سنبھالو۔ مجھے تنگ مت کرو۔" اس کی بیوی نے منہ سے چلم ہٹا کر دو تین پٹاخے چھوڑے اور پھر سے حقہ گڑ گڑانے لگی۔

"اب مغز مت چاٹو اور جلدی سے پتیلا چڑھاؤ۔" جانو چاچا نے تندور میں بڑی سے لکڑی ڈالتے ہوئے غصے سے کہا۔ گاڑھے دھوئیں کی جلن سے اُس کی آنکھیں پانی پانی ہو رہی تھیں۔

"ارے منو تم؟" اچانک جانو چاچا میری طرف دیکھتے ہوئے کہا

"کھڑا کیوں ہے؟ ادھر آ! چل آ تجھے پکے پکے بیر کھلاتا ہوں۔" جانو چاچا قمیص کے پلو سے اپنی آنکھیں رگڑتا ہوا بولا اور تندور سے اٹھ کر سیدھا میری طرف آ گیا۔ وہ مجھے گود میں لے کر ساتھ ہی بنے اپنے گھر میں لے گیا جہاں باس بھرے کچے آنگن میں بیری کا گھنا درخت تھا اور اُس کی ٹھنڈی چھاؤں میں ہر طرف سرخ و سبز رنگ کے کچے پکے بیر بکھرے ہوئے تھے۔ اتنے سارے بیر دیکھ کر میری باچھیں کھل اٹھیں۔ جانو چاچا نے لعاب چھوڑتے ہوئے میرے دونوں گالوں کو بار بار چوما۔ کچھ دیر تک مجھے اپنی گود میں بٹھائے رکھا، پھر مجھے نیچے اتارتے ہوئے بولا

"چل منو! یہ سارے بیر چن لے شاباش۔"

میں خوشی خوشی پنجوں کے بل چلتا ہوا بیر چن چن کر اپنی جھولی میں جمع کرنے لگا۔ جانو چاچا بھی ہمیشہ کی طرح بیر اٹھاتے ہوئے میری جھولی میں ڈالنے لگا۔ اس کے ہاتھوں میں عجب جادو تھا۔ بیر چنتے ہوئے پتہ نہیں وہ کیا کرتا کہ ایک عجیب سی لذت میرے تن بدن میں دوڑنے لگتی تھی۔ میں کافی دیر تک بیر چنتا رہا اور جانو چاچا بھی مجھ سے چمٹا رہا۔ وہ بار بار مجھے چومنے لگتا اور اپنی گود میں بٹھالیتا۔

"شرم کرو! یہ کیا کر رہے ہو بچے کے ساتھ؟" اچانک اس کی بیوی کی چیختی آواز آنگن میں گونجی اور جانو چاچا مجھے چھوڑ کے جھٹ سے اٹھ کھڑا ہوا۔

"تم یہاں کس لئے آگئی ہو جلتا تندور چھوڑ کے؟" جانو چاچا کھسیانا ہو کر غصے سے بولا

"چل بھاگ جا منو یہاں سے۔" اس کی بیوی نے مجھ پر آنکھیں نکالتے ہوئے کہا اور میں وہاں سے اٹھ کر بھاگنے لگا تو جلدی میں جھولی میرے ہاتھ سے چھوٹ گئی اور سارے بیر آنگن میں بکھرتے چلے گئے۔ میں لڑھکتے بیروں کو چھوڑ کر ڈر کے مارے باہر بھاگ گیا۔ دونوں میاں بیوی پھر سے لڑنے جھگڑنے لگے تھے۔ میں سہما ہوا گھر سے باہر نکل آیا مگر ان کی گالم گلوچ میرے پیچھے پڑی ہوئی تھی۔ مجھے ڈر تھا کہ کہیں وہ لڑتے جھگڑتے میرے پیچھے ہی نہ آجائیں، میں نے بھاگتے ہوئے مڑ کے پیچھے کی طرف دیکھا تو اچانک میرے دوڑتے قدم زمین میں دھنس گئے اور میں بت بنا رہ گیا۔ وہاں نہ تندور تھا، نہ جانو چاچا کا گھر اور نہ لڑنے بھڑنے کی آوازیں بلکہ اس جگہ پر سپاٹ سی پکی دیوار میرا منہ چڑا رہی تھی۔ وقت نے جانو چاچا اور اس کی بیوی کے لڑائی جھگڑوں کے ساتھ ساتھ تندور اور وہاں سے اٹھتی سالن کی خوشبوؤں کو بھی ہمیشہ کے لئے دیوار میں چن دیا تھا۔ شاید ہی اب کسی کو معلوم ہو کہ بھلے وقتوں میں یہاں ایک تندور اور بیری کا بڑا سا درخت ہوا کرتا تھا جس کی چھاؤں میں دو

میاں بیوی لڑائی جھگڑا کرتے ہوئے گاہکوں کو ذائقہ دار ترکاری کھلایا کرتے تھے۔

میں نتھنوں میں سالن کی خوشبو محسوس کرتا، میاں بیوی کی نوک جھونک سے محظوظ ہوتا اور جانو چاچا کی حرکتوں کو سمجھتا ہوا بے اختیار آگے کو بڑھ گیا کیونکہ دیگر یادیں مجھے مسلسل پکارے چلی جارہی تھیں، جیسے روتا ہوا بچہ اپنی ماں کو پکارتا ہے۔ میں یادوں کے کارواں کے ساتھ چلتا ان دکانوں کے سامنے جا پہنچا جہاں سے گزرتے ہوئے مجھے ہمیشہ دو لال آنکھیں گھورا کرتی تھیں جن سے امڈتے خوف کے لشکر میرے پیچھے پڑ جایا کرتے اور میں وہاں سے بھاگ کر گزرا کرتا تھا مگر آج ان بند دکانوں کی ابتر حالت نے میرے پاؤں جکڑ لئے اور مجھے ایک قدم بھی آگے نہ بڑھنے دیا۔

وہ منظر میری آنکھوں کے پردے پر جھلملانے لگا جب کسی زمانے میں ان مقفل دکانوں کے تھڑے پر دو موچی جھلستی دھوپ میں حوصلے کی چھاؤں میں بیٹھ کر اپنے گھر والوں کے لئے خوشیاں گانٹھا کرتے تھے جن کے ساتھ چائے کا ایک ہوٹل بھی ہوا کرتا، جس کے مالک پیر غلام کا ایک بازو مکمل طور پر کٹا ہوا ہونے کے باوجود وہ ایک ہاتھ سے ایسی ذائقہ دار چائے بنایا کرتا کہ صرف اٹھنی کا ایک بڑا سا چائے کا پیالہ پینے لوگ کہاں کہاں سے آتے تھے۔ پیر غلام کے ہوٹل پر ہر وقت ایک گہما گہمی کی چادر سی تنی رہتی۔ دکان کے تھڑے پر بنی انگیٹھی پر سلگتے انگارے، مہین دھواں اگلتی چائے کی چینکیں، گول ہتھی والی ہتھ دھونکنی کی گونجتی "گھرر گھرر" اور چمچ سے گرما گرم چائے کا ذائقہ چکھتا کلین شیو پیر غلام ہر وقت انگیٹھی سے چمٹا رہتا مگر اب وہاں سناٹے خیمہ زن تھے، وقت کی دھول نے ہمکتی زندگی کو کہیں چھپا دیا تھا۔

دکانوں کو بڑے بڑے آہنی تالے پڑے ہوئے تھے اور ان کے آگے پڑے گندگی کے ڈھیر نے میری طبیعت مکدر کر دی، ایک تعفن سا پوری گلی میں پھیلا ہوا تھا۔ پتہ نہیں

وقت کا کیسا اجنبی لمحہ وہاں گرا تھا کہ جس نے اس گلی سے ساری رونقیں ہڑپ کر وہاں ویرانیاں بچھادی تھیں۔ میں نے بند دکانوں کے اداس تھڑے کو غور سے دیکھا تو مجھے یوں لگا جیسے اداسیوں میں گھرا میرا بچپن اب بھی وہاں سو رہا ہو۔ مجھے اپنائیت بھری مہک آنے لگی جیسے تھڑے نے بھی مجھے پہچان لیا ہو۔ دفعتاً اس پر سوتا میرا بچپن اٹھ بیٹھا اور میری انگلی پکڑ کے مجھے اُن زمانوں میں لے گیا۔ وہی گلی، وہی ہوٹل، وہی رونقیں، وہی چائے کے چلتے دور، آتے جاتے لوگ، سادہ زندگی، وہی شناسا چہرے اور گلی کی نکڑ پر موجود مٹھائی کی دکان سے آتی سوہن حلوے کی وہی خوشبو آنے لگی جس سے گلی ہر وقت مہکتی رہتی تھی۔ وہی منظر پھر سے جاگتے چلے گئے اور میں حیرت سے آنکھیں پھاڑے دیکھنے لگا۔

اچانک بابا کی آواز میرے کانوں میں گونجی۔

"منو پتر! جابھاگ کے جا، بازار سے تین انچی والی میخیں لے کے آ۔"

میں "جی بابا" کہہ کر باہر رکھی کرسی سے اٹھا اور پیسے لے کر بازار کی طرف دوڑ پڑا۔

چاچا پیر غلام نے ہمیشہ کی طرح اپنائیت بھری مسکراہٹ لبوں پر بکھیرتے ہوئے مجھے آتے دیکھا جو بدستور ہوٹل پر کھڑا ہتھ دھونکنی کا ہینڈل گھماتے ہوئے چائے بنانے میں مصروف تھا، جس کی مخصوص "گھُرر گھُرر" کی میٹھی لے کانوں میں رس گھول رہی تھی۔ میں ایک نظر چاچا پیر غلام کو دیکھتے ہوئے ڈرتے ڈرتے اس تھڑے کے قریب جا پہنچا جہاں حسبِ معمول وہ دونوں موچی ایک ساتھ بیٹھے اپنے کام میں جتے ہوئے تھے۔

ایک لمبا تڑنگا گونگا موچی جو ہر آنے جانے والے سے منہ ٹیڑھا کر کے "آ ــــــ آــــــ آ" کی آوازیں نکالتا ہوا ہاتھوں کے اشاروں سے باتیں کیا کرتا اور دوسرا ٹھگنے قد کا سیاہ رنگت والا موچی اس کے برعکس چپ چاپ اپنے کام میں مگن رہتا جو مجھے آتا دیکھ کر اپنی لال آنکھیں مجھ پر گاڑ دیتا، اس کے سیاہ چہرے پر اکڑی ہوئی بڑی بڑی

لال آنکھوں سے مجھے بہت خوف آتا تھا۔ خاص طور سے اُس وقت تو میری روح کانپ رہی ہوتی جب بابا میرے عید کے نئے جوتے بنوانے کے لئے مجھے اس کی دکان پر لے جاتے اور وہ مجھے گھورتا ہوا ایک موٹے سے کالے چمڑے پر میرے پاؤں جما کر اطراف سے پنسل کی لکیریں لگاتے ہوئے میرا ناپ لیتا اور میں بری طرح سے سہا ہوا بابا سے چمٹا رہتا تھا۔ وہ موٹے تلے والے دیسی انداز کے ایسے مضبوط جوتے بناتا کہ عید بقر عید اماں مجھے وہی پہناتی اور سال بھر میں تڑخنا تو دور کی بات اُن کا تلا تک نہیں گِھستا تھا بلکہ میرے وہ جوتے پورے سکول میں مشہور ہوتے اور خالص دیسی انداز کے بھاری بھرکم بھدے سے جوتے دیکھ کر اکثر لڑکے تو میرا مذاق بھی اڑایا کرتے تھے۔ کام کے دوران اس کے سر کے ملگجے سفید بالوں سے سرسوں کا تیل رِس رِس کر اس کے کالر بھگوتا رہتا اور گلے سے لٹکتے میلے مفلر سے وہ اپنا پسینہ پونچھتا رہتا تھا۔

میں ایک بار پھر بابا کی میخیں لینے جا رہا تھا اور اس ٹھگنے موچی نے مجھے دور سے آتے دیکھا تو حسبِ معمول کام چھوڑ کر اپنی گھورتی ہوئی لال آنکھیں مجھ پر لگا دیں اور میں ہمیشہ کی طرح خوفزدہ ہو کر وہاں سے تیز تیز قدم اٹھاتا بھاگ نکلا۔ میں جب میخیں لے کر لال آنکھوں کے خوف سے ڈرا سہا واپس گلی میں آیا تو حیرتیں مجھ سے لپٹ گئیں، وہاں سے سب کچھ لپیٹا جا چکا تھا۔ نہ موچی، نہ لال آنکھیں، نہ دکان، نہ دیوار پر ٹنگے ہوئے چھوٹے بڑے جوتے، نہ پیر غلام کا ہوٹل اور نہ ہتھ دھونکنی کی پر کیف "گھرر گھرر" ذرا سی دیر میں وقت نے اس دھڑکتی ہوئی گلی سے سارے بولتے منظر چھین کر اسے سکوت پہنا دیا تھا۔ جن تھڑوں پر چلچلاتی دھوپ اور ٹھٹھرتے جاڑوں میں بیٹھ کر کبھی حلال رزق سے نسلیں پالی جاتی تھیں وہاں اب اداسی، ویرانی اور تعفن پل رہا تھا۔ گلی کا یہ سونا پن دیکھ کر میری روح تڑپ اٹھی۔ اُس اجڑے تھڑے کو لال آنکھوں کے بغیر دیکھا تو مجھے ادھورا پن چاٹنے لگا۔

سچ تو یہ تھا کہ مجھے آج بھی اُن لال آنکھوں کی اشد ضرورت تھی جو میری نیند کا استعارہ تھیں، شاید ان گھورتی آنکھوں کو دیکھ کر بچپن کی طرح مجھے آج پھر سے نیند اپنی پناہ میں لے لے۔

مجھے ہر صورت اس لال آنکھوں اور پتلی آواز والے ٹھگنے موچی سے ملنا تھا۔ گلی کی نکڑ پر موجود دکانداروں سے میں نے پوچھا مگر اس کے بارے میں کوئی بھی نہیں جانتا تھا۔ بالآخر ایک بوڑھے نے مجھے بتایا کہ مدت ہوئی تمہارے بابا کی وفات کے بعد وہ موچی بھی یہاں سے چلا گیا تھا۔ اس بوڑھے نے یہ تو نہیں بتایا کہ وہ موچی کہاں گیا مگر اس کے گاؤں کا پتہ مجھے ضرور سمجھا دیا۔ میں نے اُس کے گاؤں جانے کی ٹھان لی۔ پتہ نہیں کیوں اس سے ملنے کی شدید خواہش میرے اندر جنم لے چکی تھی۔

دوسرے ہی روز میں اپنی بائیسیکل پر سوار اس کے گاؤں کی طرف روانہ ہو گیا۔ گھنٹہ بھر کی مسافت کے بعد میں وہاں پہنچا تو کئی حیرتیں میری منتظر تھیں۔ پورے کا پورا گاؤں رتجگے کا شکار تھا۔ لوگوں کا کہنا تھا کہ اس کی لال آنکھیں سب میں نیندیں بانٹا کرتی تھیں مگر جب سے وہ غائب ہوا ہے تب سے سارے گاؤں کی نیندیں وہ اپنے ساتھ لے گیا۔ نہ اس کے گھر والوں کو پتا تھا اور نہ لوگوں کو کچھ خبر کہ وہ گاؤں چھوڑ کے اچانک کہاں چلا گیا؟

میں پوچھ تاچھ کرتا اس کے گھر جا پہنچا، اس کے در و دیوار سے برستی ویرانیاں دیکھ کر میرے دل میں آری سی چلنے لگی۔ وہ گھر نہیں دکھوں کی ایک جھونپڑی تھی جہاں اس کی بیوی اس کی یاد میں رو رو کر اپنی بینائی آنسوؤں کے ساتھ بہا چکی تھی۔ گھر میں ہر طرف وحشتوں کا راج تھا۔ اس کا اکلوتا کبڑا بیٹا گاؤں کی مسجد کے قریب بیٹھ کر جوتے مرمت کیا کرتا، جس نے حیرت انگیز طور پر باپ کے پیشے کو زندہ رکھا ہوا تھا۔ اس کی بیوی نے روتے ہوئے مجھے بتایا کہ چند روز قبل شام کو دروازے پر دستک ہوئی، اس کا شوہر باہر نکلا اور

تھوڑی دیر میں واپس آنے کا کہہ کر گیا مگر آج تک نہیں لوٹا۔ وہ دکھی ہو کر رونے لگتی، اس کی ذہنی حالت کافی خراب ہو چکی تھی۔ میں نے جب اپنے بچپن کے قصے سناتے ہوئے اسے بتایا کہ کس طرح اس کا شوہر مجھے گھورتا اور میں ڈر کے مارے بابا سے لپٹ جایا کرتا۔ وہ میری باتیں بڑی دلچسپی سے سنتی رہی اور فرطِ جذبات سے بار بار میرے ہاتھ اور پیشانی چومنے لگتی۔ میں نے اس کے ساتھ بیٹھ کر کافی وقت گزارا اور جب جانے لگا تو وہ مجھے پکڑ پکڑ بٹھاتی کہ ابھی مت جاؤ، کچھ دیر اور بیٹھ جاؤ۔ اس کی اپنائیت اور والہانہ پن دیکھ کر میرا دل بھی بھر آیا مگر نہ چاہتے ہوئے بھی مجھے واپس آنا پڑا۔

میں شکستہ انداز میں وہاں سے روانہ ہوا۔ میری نگاہوں سے اس کا ملول چہرہ نہیں ہٹتا تھا، وہ اپنے شوہر کے بغیر جیتے جی مر گئی تھی۔ میں اس درداں ماری کے خیالوں میں کھویا مایوسیوں میں گھرا گاؤں کے کچے راستے پر پیڈل پر پیڈل مارے چلا جا رہا تھا کہ اچانک چھوٹی سی "ٹھس" کی آواز ابھری اور سائیکل کے اگلے ٹائر سے ہوا نکلتی چلی گئی۔ میں نے بریک لگا کر دیکھا تو اگلا ٹائر پنکچر ہو چکا تھا۔

"دھت تیرے کی۔" میرے منہ سے نکلا اور میں سائیکل سے اتر پڑا۔

"اب کیا ہو گا؟"

سائیکل ایک طرف کھڑی کر کے میں سوچنے لگا۔ کسی گاؤں والے کی تلاش میں ادھر ادھر نگاہ دوڑائی مگر دونوں طرف کھیت کھلیان میں گھرا یہ کچا راستہ قدرے سنسان تھا۔ ایک دم سے میری نظر راستے کے بیچوں بیچ ابھری ہوئی لوہے کی ایک سلاخ پر جا پڑی جس کی نوک باہر کی طرف جھانک رہی تھی۔

"اچھا! تو اس وجہ سے میری سائیکل پنکچر ہوئی ہے؟" میں تلملا کر رہ گیا۔

"پتہ نہیں یہ کس کی شیطانی ہے؟ کسی کو اذیت دے کر کیا ملتا ہے ہمارے لوگوں

کو؟"

میں بھناتے ہوئے بڑبڑایا اور سوچا کہ سلاخ کو باہر ہی نکال دوں تا کہ کوئی اور اس کی زد میں نہ آجائے۔ میں آگے بڑھا اور لوہے کی نوکدار سلاخ کو پکڑ کر زور سے کھینچا مگر اس میں کوئی حرکت نہ ہوئی۔ میں نے دو تین بار زور لگا کر اسے باہر نکالنے کی کوشش کی لیکن وہ ہلی تک نہیں۔ چونکہ راستہ کچا تھا، اس لیے میں نے ساتھ ہی پڑی اینٹ اٹھائی اور اُس کی نوک سے زمین کو کھودنا شروع کر دیا۔ سوچا کہ تھوڑا سا کھودوں گا تو سلاخ باہر نکل آئے گی۔ عجیب بات تھی کہ زمین کھودتے ہوئے میرے پسینے نکل آئے مگر سلاخ باہر نکلنے کا نام نہیں لے رہی تھی۔ زمین کھودتے ہوئے مجھ پر جیسے ایک جنون کی سی کیفیت طاری ہو گئی کہ سلاخ باہر نکال کر ہی دم لوں گا۔ گرمی اور گھٹن سے میرا برا حال ہو گیا اور سانسیں اکھڑنے لگیں، اِس کے باوجود بھی میں دیوانہ وار زمین کھودتا چلا گیا۔ اچانک تیزی سے چلتے میرے ہاتھ رک گئے اور میں ایک ہی جگہ پر جامد سا ہو گیا۔ میری اوپر کی سانس اوپر اور نیچے کی سانس نیچے رہ گئی۔ مجھے اپنی آنکھوں پر یقین نہیں آرہا تھا کہ جن لال آنکھوں کو میں ماضی کی گلیوں میں ڈھونڈتا پھر رہا تھا وہ گاؤں کے کچے راستے میں دفن پڑی ہوئی تھیں۔ اُس غریب کا کھلا منہ مٹی سے بھرا ہوا تھا اور آنکھوں میں لوہے کی سلاخیں کھبی ہوئی تھیں۔ اس کی لاش دیکھ کر میرے اوسان خطا ہو گئے۔ میں نے اس دردناک منظر کو جھٹلانے کی بہت کوشش کی مگر اس لاچار انسان کی لاش حقیقت میں میرے سامنے پڑی تھی۔ میں پسینے میں شرابور اور مٹی مٹی ہاتھ لئے اٹھا اور نہ چاہتے ہوئے بھی اس کے گھر جا کے اطلاع کر دی۔ اگلے ہی لمحے اس کی بیوی کی دلدوز چیخیں آسمان کا سینہ چیرنے لگیں۔ پل بھر میں پورا گاؤں میرے ساتھ ہو لیا۔ اس کی ابتر لاش کے آر پار اتری ہوئی سلاخیں دیکھ کر سب کانپ کر رہ گئے۔ کسی کو بھی یقین نہیں آرہا تھا کہ ایک مزدوری کرنے والے

بے ضرر شخص کو کوئی اتنی بیدردی سے کیسے قتل کر سکتا ہے؟ جب لاش اس کے گھر پہنچی تو جیسے اس چھوٹے سے آنگن میں قیامت اتر آئی۔ اس کی بیوی کی فلک شگاف دھاڑیں دلوں کو چیرتی ہوئیں گاؤں کے ہر گھر میں گونجنے لگیں۔ اس کا کبڑا بیٹا سکتے کے عالم میں تھا۔ دیکھتے ہی دیکھتے گاؤں کی سبھی عورتیں اور مرد جمع ہو گئے۔ اس کی بیوی کی خراب حالت دیکھ کر گاؤں والوں نے فیصلہ کیا کہ آخری رسومات جلد ہی ادا کر دی جائیں، ایسا نہ ہو کہ اسے صدمے سے کچھ ہو جائے۔ اس لئے گھنٹہ بھر میں ہی اس کی تدفین کر دی گئی تھی۔

میں کافی دیر تک وہاں گم صم بیٹھا اپنا بچپن اور اس کی گھورتی ہوئی لال آنکھوں کو یاد کرتا رہا۔ اس دوران میری سائیکل کا پنکچر لگا دیا گیا تھا۔ شام ہونے کو تھی اور نہ چاہتے ہوئے بھی میں اجازت لے کر وہاں سے چل پڑا۔ اس کی بیوی نے روتے پیٹتے مجھے یوں رخصت کیا جیسے میں اس کی سگی اولاد تھا۔ میری بھی آنکھیں نم ہو گئیں اور سارا راستہ میں آنسو بہاتا سائیکل چلاتا رہا۔ مردہ دل کے ساتھ جب میں گھر میں داخل ہوا تو رات کے سائے ہر طرف پھیل چکے تھے۔ اداسی، پریشانی اور تھکن اتنی شدید تھی کہ میں کمرے میں قدم رکھتے ہی بستر پر گر گیا۔ کافی دیر تک اس غریب کی لاش میری نگاہوں میں گھومتی رہی اور میں غم کی کھائیوں میں لڑھکتا رہا۔ شاید میری حالت پر قدرت کو ترس آ گیا اور حیرت انگیز طور پر روٹھی ہوئی نیند کی دیوی نے مجھے اپنی آغوش میں لے لیا۔ پتا نہیں میں کتنی دیر سویا تھا کہ اچانک بابا کمرے میں داخل ہوئے اور مجھے پیسے پکڑاتے ہوئے بولے:

"منو پتر! جا بھاگ کے جا، بازار سے تین انچی والی میخیں لے کے آ۔"

میں نے بابا کی طرف دیکھا تو ان کی آنکھیں پہلے کی طرح چمک رہی تھیں۔ وہاں کسی میخ کا نام ونشان تک نہیں تھا اور وہ بہت خوش لگ رہے تھے۔

میں جھٹ سے پیسے لے کر بازار کی طرف دوڑ پڑا۔ اُس تھڑے کے قریب پہنچا تو کام

میں جتے اس کالی رنگت والے ٹھگنے موچی نے کام چھوڑ کر اپنی لال آنکھیں مجھ پر گاڑ دیں اور میں ڈرا سہما سا اس کی طرف دیکھنے لگا۔

مگر یہ کیا؟ مجھے حیرت کا خوشگوار جھٹکا سا لگا، وہ میری طرف دیکھ کر مسکرا رہا تھا اور اس کی آنکھوں کی لالی تیزی کے ساتھ ختم ہوتی جا رہی تھی۔

***

۳

خواہشوں کے پھیر

حمیرا افضا

"رات میرے سپنے میں پری آئی تھی، سفید جھالر کے فراک والی پری۔ اُس کے ہاتھ میں سبز رنگ کی جالی دار ٹوکری تھی اور اُس میں ڈھیر سارے سرخ گلاب کے پھول رکھے تھے۔" بانو نے ایک سرسری نظر چمکتی آنکھوں اور لال گالوں پر ڈالی۔

"پتا ہے بانو؟ اُس نے مجھے ایک پھول دیا، مگر صبح ہوتے ہی وہ کہیں غائب ہو گیا۔ شاید سپنے میں رہ گیا ہے۔ وہ پھول مجھے پھر مل جائے گا نا بانو؟" رنگ بہ رنگ دھاگوں کی گوٹیوں سے کھیلتی وہ یک دم بے تاب ہوئی۔

"ہاں ہاں مل جائے گا۔" سلائی مشین پر انہماک سے کپڑے سیتی بانو نے اُس کی جانب امید کی ایک اور گوٹی اُچھالی۔

"تجھے ایک اور بات بتاؤں بانو؟" بانو نے چلتا ہاتھ روک کر اُسے تجسس بھری نگاہ سے دیکھا۔ چھوٹی چھوٹی بھوری آنکھوں کی سیپیاں، ارمانوں کے سمندر میں ڈوب رہی تھیں۔

"ہمارے اسکول کی پچھلی طرف جو پیپل کا بڑا درخت ہے، وہاں سے کچّی سڑک ایک پکی سڑک کی طرف جاتی ہے۔ جہاں ایک بازار ہے، پرانا بازار، مگر ادھر ہر شے نئی ملتی ہے بانو۔ وہاں مجھے ایک لمبے بالوں والی گڑیا ملی۔ بڑی منت کی امّاں کی، مگر اُس نے خریدا تو سجّو کا

جوتا۔" اُس نے تپتے ہوئے دھاگوں کی گوٹیاں مشین پر دے ماریں، یوں جیسے چھوٹے چھوٹے پتھر سجّو کے سر پر برسا رہی ہو۔

"ہائے ربّا اِتنا غصہ؟" بانو نے ادھ سلے کپڑے بکھیرتے ہوئے اُسے بانہوں میں سمیٹا۔ وہ کچھ دیر سسکتی رہی، پھر پھوٹ پھوٹ کر رونے لگی۔ نہ جانے اُسے کس بات کا زیادہ دکھ تھا، گڑیا کے کھو جانے کا یا سجّو کو نیا جوتا ملنے کا۔

وہ دو بھائیوں کی اکلوتی بہن تھی۔ اُسے امّاں ابّا سے یہ شکوہ تھا کہ وہ بھائیوں کی نسبت اُس کی خواہشوں کو پورا کرنے کے لیے غریب اور بھائیوں سے یہ شکایت کہ وہ ماں باپ کا پیار بٹورنے میں اُس سے زیادہ امیر تھے۔ اگر اُسے اِرد گرد کوئی اپنا لگتا، تو وہ بس بانو ہی تھی۔ جو اُس کی سہیلی بھی تھی اور راہنما بھی۔ عمروں کی گنتی میں چھے سال کا فرق تھا، لیکن دوستی کی کتاب میں محبت برابر تھی۔

جھالر کے فراک والی پری، سُرخ گلاب، پرانا بازار، نیا جوتا، لمبے بالوں والی گڑیا، رنگ بہ رنگ دھاگوں کی گوٹیاں، معصوم ذہن کی گلیوں میں کچھ دن گتھم گتھا خیالوں کے ہیولے گھومتے رہے۔ آخر ایک دن امّاں نے پھیری والے سے اُسے مٹی کا گلّہ لے دیا۔

"اِس میں پیسے جمع کرتی جا، کچھ میں بھی ملاؤں گی اور پھر تجھے گڑیا لے دوں گی۔" امّاں نے اُسے منایا، تو کملائی صورت پر رونق لوٹ آئی۔

اسکول کے خرچ کے لیے اُسے روز ابّا سے ایک روپیہ ملتا۔ چٹ پٹی چیزوں سے اُس کا دل اُٹھنے لگا تھا کیوں کہ میٹھا خواب سامنے تھا۔ وہ پرانے نوٹ پر ننھا ہاتھ پھیر کر روز نئے گلّے میں ڈالتی۔ اپنا پیٹ خالی رکھ کر محبت سے گلّے کا پیٹ بھرتی۔ خواہش کو دل میں پالتے اور گلّے میں پیسے جوڑتے چھے ماہ ہو گئے تھے۔ ابّا بیمار ہو کے گھر بیٹھا، تو اسکول کے راستے ہی بند ہو گئے۔ اب سارے گھر کا بوجھ امّاں کے کندھوں پر تھا۔

"دیکھ بینا گلّہ توڑ دے، اپنا سپنا توڑ دے۔" امّاں کی کانپتی آواز کے پیچھے پری کی مترنم سرگوشی تھی۔

"میرے پاس کچھ پیسے ہیں، کچھ تو ملا دے۔ تب ہی تیرے ابّا کی دو چار دن کی دوا آئے گی۔ اُس کی کھانسی سن، میرے دل پر لگتی ہے۔" ایک طرف امّاں کی روتی ہوئی شکل تھی، تو دوسری جانب گڑیا کا ہنستا ہوا چہرہ۔ اُسے خوب صورت پری پر شدید غصہ آیا۔ خواہش کا پہلا پھول، غربت کی زمین پر ِگر کے سوکھ چکا تھا۔

کچھ روز دل، حسین پری اور بد حال ماں سے خفا رہا، مگر پھر نئے خواب نے دل کو راضی کر لیا۔

"بانو رات وہ پھر آئی تھی۔"

"کون آئی تھی؟" سوئی میں دھاگا ڈالتی بانو نے بے دھیانی سے کہا۔

"وہی جھالر کے فراک والی، پیاری سی پری۔ ایک اور پھول دے گئی ہے وہ۔" بانو ادھوری بات کا مطلب اچھی طرح سمجھ گئی۔

"تجھے یاد ہے وہ شبنم کا گلابی غرارہ چولی، جو اُس نے جمیلہ باجی کی مہندی پر پہنا تھا۔ اِس عید پر میں بھی ویسا بناؤں گی۔" وہ مختلف دھاگوں پر انگلیاں پھیرتے ہوئے بولی۔

"ہاں ہاں ضرور بنا، تیرے گورے رنگ پر خوب جچے گا، اُس سانولی پر تو اُٹھ ہی نہیں رہا تھا۔"

"سچی؟" اُس نے جوش سے گلابی رنگ کی گوٹی مٹھی میں دبالی۔ بانو کی تعریف سے چھوٹی چھوٹی آنکھوں میں بڑی خوشی سما گئی تھی۔

"مسئلہ تو وہی ہے بانو، اِس خواہش کے لیے پیسے کہاں سے آئیں گے؟" وہ دل گرفتہ ہو کر گلابی گوٹی دھاگوں والے ڈبے میں رکھنے لگی۔

"غم کیوں کرتی ہے پگلی، پھر سے پیسے جمع کرلے۔ اِس بار میں تجھے کپڑے کی تھیلی سی دوں گی، اُس پر چند پھول کاڑھ کے موتی ستارے بھی لگادوں گی۔" بانو نے نئی خواہش کو نئی راہ دکھائی تو بینا نے جھٹ سے اُسے گلے لگالیا۔

اُسے چمکیلی تھیلی پر بہت پیار آیا تھا۔ بانو نے اُسے بنایا ہی اِتنا خوب صورت تھا۔ وہ اُسے سینے سے لگائے رکھتی اور بڑے شوق سے اُس میں پیسے جمع کرتی۔ اُس کا سر، نئے خواب کے تکیے پر تھا اور جیب خرچ کا ایک روپیہ تھیلی کی آغوش میں چھپتا جارہا تھا۔ امّاں کی سلائی میں اچھی کمائی ہوتی، تو وہ چند پیسے اور بھی دے دیتی تاکہ اُس کی اچھی عادت بنی رہے۔

خواب کی تعبیر آس پاس محسوس ہونے لگی کیوں کہ عید قریب آرہی تھی۔ امّاں کے ہاتھ جتنی بھی تیز رفتار سے چلتے ابھی خوش حالی کی پہنچ سے بہت دور تھے۔ آمدنی اِتنی تھی جس سے بہ مشکل گھر کا نظام اور ابّا کی سانسیں چل رہی تھیں۔ امّاں نے دکھ سے اعلان کر دیا کہ اِس عید پر کسی کے کپڑے نہیں بنیں گے، مگر ٹیپو نے صرف ماں کا اعلان ہی نہیں بلکہ اپنے ننھے منے دوستوں کا اعلان بھی سنا جو اچھے اچھے کپڑے بنا رہے تھے۔ وہ رو رو کر ضد کر رہا تھا اور امّاں رو رو کے دعا۔ وہ خالی ہاتھ تھی اور چھوٹے لاڈلے بیٹے کے ہاتھ میں خواہش کی تتلی جس تک پہنچنے کا اُسے ایک ہی راستہ نظر آیا۔

"وہ چھوٹا ہے، بہت نازک دل ہے اُس کا۔ عید پر اُس کے ساتھی اچھے کپڑے پہنیں گے، تو اُس کا دل ٹوٹے گا۔ میں جلد ہی تجھے ویسا غرارہ بنادوں گی۔" ایک اور خواہش منزل تک پہنچتے پہنچتے پھر لُٹ چکی تھی۔ وہ اِتنی سمجھ دار ہوگئی تھی کہ مٹھی میں بند پھول خود نیچے گرادے۔ کوئی بحث کیے بغیر اُس نے چمکیلی تھیلی ماں کے سامنے رکھ دی۔

اب وہ زیادہ وقت بانو کے گھر گزارتی تھی تاکہ سلائی سیکھ کر چند پیسے کما سکے۔ اُسے

پڑھنے کا بہت شوق تھا۔ ابّا کے چلتے پھرتے صرف پانچ جماعتوں کا سفر طے ہوا تھا، مگر اب ہاتھوں میں قلم کتاب کی جگہ دھاگوں کی گوٹیاں تھیں جنہیں وہ کبھی ناگواری سے پٹختی تو کبھی مجبوری سے اُٹھالیتی۔ وہ اب بازار نہیں جاتی تھی۔ اُسے بازار سے نفرت محسوس ہوتی تھی، جو نئی چیزوں کا جھانسا دے کر غریبی کا احساس دلاتا تھا اور خوب صورت خواب دکھا کر بد صورت تعبیر دیتا تھا۔

امّاں آج بازار سے اُس کے لیے نیلا پرس لائی تھی۔ وہ تھوڑی پر سکون ہوئی کہ شاید لٹ جانے والی خواہشوں کو تسلی دی جارہی ہے۔

"بانو، رات وہ پھر آئی تھی ایک بڑا پھول تھما گئی ہے ہاتھوں میں۔"

"کیا کہتی ہے اب تیری پری؟" بانو کو سفید دھاگے سے کھیلتی کالی آنکھیں بے حد اُداس لگیں۔

"کہتی ہے چار جماعتیں اور پڑھ لے، جیون کی گاڑی چلانے کے قابل ہوجا، ورنہ تو بس اِس گاڑی کو گھسیٹنا ہی مقدر ہوگا۔

"پیسے تو تُو، جیسے تیسے کر کے جمع کر ہی لے گی، لیکن اب تُو بڑی ہو گئی ہے، اسکول جائے گی تو لوگ مذاق اُڑائیں گے۔" سفید دھاگے کی گوٹی کو ہاتھ میں مسلتے ہوئے بانو نے کالا دھاگا پکڑایا۔

"نہیں جاؤں گی تو میرا دل مجھے کوسے گا، دماغ بے عزت کرے گا۔ راستے دو ہی ہیں بانو! منہ پر جہالت کا تالا لگا کر ضمیر کی ہنسی پر چپ رہوں یا قابلیت کے در کھول کر لوگوں کے تمسخر کا جواب دوں۔" اُس نے بات اتنی گہری کی تھی کہ بانو چند ثانیے اُسے تکتی رہ گئی۔

وہ باقاعدگی سے امّاں کے دیے گئے بٹوے میں پیسے جمع کر رہی تھی۔ وہ اُس ہنر میں طاق ہو چکی تھی جس نے اُسے دن کے وقت کپڑے اور رات کو اُدھڑے ہوئے خواب سینا

سکھایا تھا۔ہاتھوں نے سلائی کڑھائی سیکھ لی تھی پر خوابوں کی پیوند کاری میں مات کھا گئے تھے۔ اُس نے جتنے بھی ٹانکے لگائے، خوابوں سے دھاگے نکل ہی گئے۔ جتنی بھی آبیاری کی، بند مٹھی میں کچھ پھول مر ہی گئے۔ آگے پڑھنا، بانو کی شادی پر اُسے اچھا تحفہ دینا، میلا دیکھنا، نئے کپڑے بنانا، نہ جانے کتنی خواہشیں دل کے زندان میں گم نام ہو چکی تھیں۔

مشین کا پہیہ گھوم رہا تھا پر قسمت وہیں رکی ہوئی تھی۔ بٹوے میں جمع ہونے والے پیسے، کبھی ٹیپو کی کاپی پنسل پر خرچ ہوتے تو کبھی سجّو کی فرمائش پر، کبھی ابّا کی دوائی پر لگتے، تو کبھی گھر کے راشن پر۔ امّاں نے محبت میں بٹوے کا تحفہ دے کر اُس کی محنت اور صبر کا خوب امتحان لیا تھا۔

بانو جب بھی میکے آتی، بینا سے ضرور ملتی۔ آج کتنے عرصے بعد اُسے بینا کے چہرے پر مسکراہٹ نظر آئی، شرمیلی سی مسکراہٹ۔

"بانو! اب تو پری بھی بڑی ہو گئی ہے۔ بڑی بڑی باتیں کرتی ہے۔ اِس بار جو اُس نے پھول دیا ہے، اُس کی تو خوش بو ہی نرالی ہے، مدہوش کرنے والی، نشیلی سی خوشبو۔" وہ سُرخ دھاگے کو پیار سے چھو رہی تھی۔

"اچھا، تو کیا سکھا گئی ہے وہ تجھے؟" بانو کو اُس کی اِس خیالی دنیا سے اب خوف آتا تھا۔

"سکھایا نہیں، بتایا ہے اُس نے کہ اب میں گاؤں چھوڑ کر شہر جانے والی ہوں۔ نئی دنیا میں، نئے لوگوں میں، جہاں میری سب خواہشیں پوری ہوں گی۔"

"واقعی! سچ کہہ رہی ہے تو؟" بانو نے اُس کا ماتھا چوم کر خوشی سے گلے لگا لیا۔ وہ اِس خوش خبری کی کب سے منتظر تھی۔

امّاں نے وعدہ کیا تھا کہ وہ اُس کے پیسوں سے اب اُسی کی چیزیں بنائے گی۔ یہ پہلا وعدہ تھا جو امّاں نے پورا کیا۔ اُس کے جہیز کی چند چیزوں میں اُس کی اور امّاں کے خون پسینے کی

محنت شامل تھی۔ گھر بدل گیا تھا۔ جگہ بدل گئی تھی، مگر لوگ وہی تھے، خواہشوں کی آنکھیں نکالنے والے، خوابوں کی گردن پر پاؤں رکھنے والے، ارمانوں کے سینے پر وار کرنے والے۔

پیٹ کاٹ کاٹ کر بنائی گئی چیزوں میں جس کو جو پسند آیا، اُس نے لالچ کے منہ میں ٹھونس لیا اور وہ اِس پھول کو روتا دیکھ کر مصنوعی ہنسی ہنستی رہی۔ کبھی کبھی اُسے لگتا کہ امّاں نے جلد بازی میں اُسے بیاہ دیا تھا۔ کچھ لوگوں نے غربت پر ترس کھایا، تو امّاں شرافت سے متاثر ہو گئیں، مگر وہ بھی بڑائی کا دیدہ زیب لباس پہنے اندر سے کھوکھلے انسان نکلے۔

پہلے اور اب کی زندگی میں کوئی فرق نہ تھا۔ میکے میں اُس کی خواہشیں مجبوری کی چھری سے ذبح ہوتی تھیں، تو سسرال میں اُس کے خواب بے حسی کے خنجر سے قتل ہونے لگے۔ وہ پھر بھی کچھ لکھنا پڑھنا جانتی تھی، مگر اُس کا شوہر لکھنے پڑھنے کے علاوہ سمجھنا بھی نہیں جانتا تھا۔ انسانوں کی کڑوی زبانوں سے گھبرا کر اُس نے پھر مشین کی میٹھی آواز سے دوستی کر لی۔

"غریب لوگ بھی گھومنے پھرنے جا سکتے ہیں نا؟" اُس نے حسرت کی باریک سوئی میں مان سے سوال کا دھاگا گزارا۔

"عقل مندی کی بات کر، بڑا مشکل ہے یہ۔" صغیر نے بے مروّتی کی قینچی سے فوراً دھاگا کاٹ دیا۔

"بانو کا شوہر غریب ہے، وہ پھر بھی اُسے سمندر گھمانے لے گیا تھا اور آپ کی بہن بھی تو گئی تھی لاہور گھومنے۔" اُس نے پھر دو چار مثالوں کے دھاگے ہاتھوں میں اُٹھا لیے۔

"تو تجھے کیا لینا دینا اِس سے؟ تو کیوں پوچھ رہی ہے؟" سیدھی بات کے اجلے دھاگے سے بے وقوفی کا میلا دھاگا اُلجھا۔

"میری بڑی تمنا ہے کہ میں بھی اپنے شوہر کے ساتھ گھومنے جاؤں۔" اُس نے خود ہی ساری گرہیں کھولیں۔

"تو جوڑ لے چند پیسے، تجھے بھی لے جاؤں گا گھومانے۔"

"سچ؟" وہ خوشی سے تقریباً اُچھل پڑی۔ صغیر نے بے پروائی سے اُمید کی گوٹی پھینکی تھی جو اُس نے مضبوطی سے تھام لی۔

اُس نے ایک بار پھر پری کا دیا ہوا پھول دل سے لگالیا۔ وہ ایک نئے جوش سے کپڑے سینے میں لگ گئی۔ گھر کے اخراجات میں سے بھی پیسے بچا بچا کر بچت کرتی۔ کانچ کا خواب، لکڑی کی پرانی الماری میں رکھ دیا گیا تھا۔ وہ روز اُسے دیکھتی اور حساب کتاب لگاتی۔ وہ پھول کاڑھتے کاڑھتے گنگناتی رہتی اور کپڑے سیتے سیتے مسکرانے لگتی۔ اُس کے چہرے پر جو مسرت کی لہریں اُبھر رہی تھیں، صغیر جان گیا تھا کہ وہ سمندر دیکھنا چاہتی ہے۔

آج اُس نے سوچا الماری سے رقم نکال کر گنے اور صغیر سے کہے کہ چلو اِس دنیا سے دور کسی اور دنیا میں سکون کے چند پل گزار آئیں۔ وہ پیسے ہاتھ میں تھامے سپنے دیکھ رہی تھی کہ حقیقت کا در کھلا اور صغیر بوکھلاہٹ میں اندر داخل ہوا۔

"بینا! میرے بھائی کا ایکسیڈنٹ ہو گیا ہے لا یہ پیسے مجھے دے۔" صغیر نے روتے ہوئے پیسے اُس کے ہاتھ سے جھپٹ لیے۔ پھول اِتنی زور سے کھینچا گیا کہ پتی پتی بکھر گئی۔ ایکسیڈنٹ میں اُس کے دیور کی ٹانگ ٹوٹ گئی تھی معاً اُس کے حسین خواب کی کمر بھی۔ اُس نے بے بسی سے پری کو دیکھا اور آنسوؤں میں بھیگی پتیاں اُس کے سپرد کر دیں۔

خواہشوں کی کثرت اور ناکامیوں کی زیادتی نے اُسے اندرونی کیا، ظاہری طور پر بھی بدل دیا تھا۔ ملائم ہاتھوں کو کھردری پرت نے ڈھانپ لیا، تو بھوری آنکھیں موٹے چشمے میں چھپ گئیں، گورے رنگ پر رات نے قبضہ کیا، تو سیاہ بالوں پر دن نے ڈیرا ڈال لیا۔ وہ جتنے

بھی پیسے جمع کرتی، کبھی نندوں کا جہیز بنانے میں لگتے، تو کبھی دیور کے مسائل سلجھانے میں ، کبھی ساس کی صحت پر خرچ ہوتے، تو کبھی شوہر کے کاروبار پر۔ وہ بت بنی پھولوں کے ملنے، مرجھانے اور بکھرنے کا تماشا دیکھتی رہی۔

نندیں، دیور اپنی اپنی دنیا میں مگن ہوئے تو اُس کی زندگی میں بھی کچھ ٹھہراؤ آیا۔ پری اب بھی آتی تھی، لیکن وہ منہ پھیر لیتی، جیسے اُسے جانتی ہی نہ ہو۔ مشین کی آواز بلند سے مدھم ہو گئی، مگر اِس آواز سے رشتہ، کمزور ہونے کے بہ جائے مضبوط ہو چکا تھا۔ دھاگے اب بھی ارد گرد پھیلے ہوئے تھے، مگر اُن کے رنگوں میں اُسے اپنی ننھیں بچوں کی خواہشیں نظر آتی تھیں۔ دونوں بچے جوان ہو رہے تھے۔ پری بھی اپنے شباب پر تھی، مگر ان تھک محنت نے اُسے بوڑھا کر دیا تھا۔

ایک عرصے بعد پری سے پھول قبول کر لیا گیا۔ وہ عمرہ کرنا چاہتی تھی۔ اُس نے ایک بڑی کمیٹی ڈال لی اور دن رات اِس خواہش کے پورا ہونے کی دعائیں مانگنے لگی۔ اِس آرزو نے اُس کے اندر زندگی بھر دی تھی، مگر اِس نئی زندگی کی عمر بھی عارضی تھی

"امّاں بہت بوڑھی ہو چکی ہیں۔ پہلا حق اُن کا ہے بیٹا! پہلے میں اُنہیں عمرہ کروادوں، پھر تجھے بھی لے جاؤں گا۔" کمیٹی نکلی تو ایک اور قربانی نے اُسے دبوچ لیا۔ اِس بار وہ روئی نہیں۔ قربانیوں نے اُس کا ظرف اِتنا بلند کر دیا تھا کہ اُس نے خوشی خوشی یہ پھول شوہر کے ہاتھ پر رکھ دیا۔

وہ مشین چلاتی رہی اور وقت دوڑتا رہا۔ صغیر ادھورے وعدوں کے سنگ دنیا سے جا چکا تھا۔ وہ اب بیٹوں کے آسرے پر تھی، جو شخصیت میں اُس کے برعکس تھے۔ وہ جتنی اعلیٰ ظرف اور فرماں بردار تھی وہ اُتنے ہی کم ظرف اور نافرمان تھے۔ ٹوٹا دل پیسے جوڑنے کو مانتا ہی نہیں تھا، لیکن وہ پھر بھی پیسے جمع کرتی۔ مٹی کے گلّے سے لے کر، کپڑے کی چمکیلی تھیلی

تک، چمڑے کے نیلے بٹوے سے لے کر، لکڑی کی پرانی الماری اور کمیٹی تک، اُس نے ہر ذریعے سے پیسے کو آزمایا تھا، مگر وہ اُس کی خواہشوں کے لیے کبھی بھی نہیں تھا۔

کافی سالوں بعد وہ بانو سے مل رہی تھی۔ بانو اُسے دیکھ کر رو پڑی۔ اچھی بیٹی، اچھی بہن، اچھی بیوی، اچھی بہو، اچھی ماں، اچھا انسان۔ ہر رشتے نے کتنی سفاکی سے اُس کی اچھائی کا امتحان لیا تھا۔ وہ تو پاس ہو گئی، مگر ساری خواہشیں ہار گئیں تھیں۔

"پری اب بھی آتی ہے کیا بینا؟" بانو نے دکھ سے پوچھا۔

"آتی ہے، اُس نے تو میرا پیچھا چھوڑا ہی نہیں۔ بانو اب میری کوئی تمنا نہیں۔ وہ پھول دیتی جا رہی ہے۔ پھول جمع ہو رہے ہیں، مگر میں نہیں جانتی کس خواہش کے واسطے، کس مقصد کے لیے۔ اب پرانے بکسے میں پیسے رکھتی ہوں، وہی جو امّاں نے دیا تھا۔ سب رشتوں، سب چیزوں میں ایک وہی، تو میرے پاس بچا ہے۔" وہ نقاہت سے بول رہی تھی، مگر اُس کے چہرے پر سکون تھا۔ بانو سمجھنے سے قاصر تھی کہ ایک لٹی ہوئی عورت کے اِس سکون کی وجہ کیا ہے؟

بانو دو روز بعد اس کے سکون کی وجہ سمجھ گئی۔ پھولوں کے جمع ہونے کا مقصد جان گئی۔ بینا ایک طویل مسافت طے کر کے منزل پر پہنچ چکی تھی۔ ایک لمبی بے سکونی کاٹ کر سکون سے سو چکی تھی۔ وہ دوسروں کے خواب سیتی تھی اور اُس کے اُدھیڑ دیے جاتے تھے۔ وہ تکیے کے نیچے پھول رکھتی تھی جو کانٹے بن جاتے تھے۔ اُس نے رشتوں کو دینا سیکھا تھا اور رشتوں نے بس چھیننا۔

اُس نے ساری عمر محنت سے پیسے جمع کیے جو اُس پر کبھی خرچ نہ ہو سکے تھے، مگر مرنے کے بعد بے حس بیٹوں نے نہ جانے اپنے پیسے بچائے تھے یا اُس کے پیسوں کا احترام کیا تھا۔ اُس کی آخری رسومات پر بوسیدہ بکسے کی جمع پونجی لگی تھی۔ خواہشوں کی پری نے

سسکتے ہوئے ٹوکری کے سارے پھول، اُس کی قبر پر گرادیے۔

***

۴

شکستہ خواب

فرحین خالد

زندگی اگر بے کیف ہو تو اس میں آنے والا بدلاؤ، بھی کوئی معنی نہیں رکھتا ہے اور نہ ہی مزاج میں ارتعاش پیدا کرتا ہے۔ ایسے میں انسان روبوٹ بنا اپنے ریموٹ کے بٹن دبائے اُن کی لہر میں چھپے احکامات نبھاتا جاتا ہے اس کی اپنی کوئی چوائس نہیں ہوتی۔ نئے گھر میں آئے ہوئے مجھے ایک مہینہ ہو گیا تھا پھر بھی دل نہیں لگ رہا تھا حالاں کہ شہاب نے یہ گھر اپنی پسند کا سہی میرے نام پہ لیا تھا، اپنی ہی پسند کا فرنیچر میرے ساتھ جا کر آرڈر کیا تھا، اسی طرح گھر کی کلر اسکیم خود ہی پسند کر کے میری اجازت بھی حاصل کر لی تھی۔ اس نے کہا تھا کہ یہ سب وہ میرے لیے کر رہا ہے کیوں کہ میں اس کی پہلی محبت تھی مگر میں خوش نہیں تھی۔

میری زندگی میں کوئی اختیار نہیں تھے۔ مجھے بس جینے کو کہا گیا تھا اور وہ بھی خوشی خوشی۔ ہار تو میں نے اسی دن مان لی تھی جب ماں جی نے ابا کے کہنے پہ مجھ سے پندرہ سال بڑی عمر کے شخص سے ناطہ جوڑ دیا تھا۔ ان کے خیال میں مستحکم مستقبل کی ضمانت کے لیے شوہر کا مالی اعتبار سے مضبوط ہونا ضروری تھا۔ وہ کہتی تھیں، حال کو بھلا کون جیتا ہے؟ سب گزرے ہوئے کل کو یاد کر کے آنے والے کل کی فکر میں جیتے ہیں۔ سو میرے حال کو بھی

تلف کر کے شان دار مستقبل کے حوالے کر دیا گیا۔ کاش کہ وہ لوگ نصیب بھی لکھ سکتے جس میں بے حساب خوشیاں میری منتظر ہوتیں جنھیں پا کے میں اپنا حال بھول جاتی۔ اگر ایسا ہو سکتا تو ہم خدا کو کیوں کر مانتے؟؟

میرا دل چاہتا ہے کہ میں اپنے کتبے پہ ۷ کا ہندسہ ضرور کندہ کرواؤں۔ یہ عدد میری زندگی پہ ایسے ہی راست چسپاں ہوتا ہے، جیسے ہاتھوں میں دستانہ۔ میں نے سات بار ایک نئی زندگی کی جھلک دیکھی اور وہ ہر بار ایک گام آ کر منہ موڑ جاتی تھی، یوں میں ماں بننے کی سعادت سے محروم رہ گئی تھی۔ میری الماری میں ایک سیف بھی ہے جس کا کوڈ نمبر سات ہے۔ آج الماری ٹھیک کرتے ہوئے میرے ہاتھ اس کی طرف غیر ارادی طور پر بڑھ گئے۔ میں نے آہستگی سے کھولا اور اس کے اندر رکھے اپنے قیمتی اثاثوں کو ٹٹولا۔۔۔۔۔ کچھ کو باہر بھی نکالا۔ وہ نرم و ملائم، نیلے اور گلابی رنگ کے بچوں کے ننھے مُنے کپڑے تھے، جو میں نے اپنی ہر زچگی میں بڑے شوق سے خریدے تھے۔ یہ میرے وہ شکستہ خواب تھے، جن کی تعبیر کو میں نے شدت سے چاہا تھا اور جن کی محرومی نے میرے اندر وہ خلا پیدا کر دیا، جو دنیا کی کوئی نعمت پوری نہیں کر سکتی تھی۔ میرے اندر درد کا ایک فشار تھا، جو ہمہ وقت جاری رہتا اور جب کبھی تھمتا تو ٹیسیں ہوک کی صورت میں اٹھا کرتیں جن کو میں کھانس کھانس کر رفع کیا کرتی تھی۔۔۔۔۔

پتا ہے۔۔۔۔۔ ہر جوڑے کا ایک نام بھی رکھا تھا میں نے۔۔۔۔۔ اس وقت میرے ہاتھ کی انگلیوں میں صوفیہ کی آستین دبی تھی۔۔۔۔۔ جو تین مہینے کی رہ کے مجھ سے بچھڑ گئی تھی۔۔۔۔۔ آج ہوتی تو پورے سات سال کی ہوتی۔۔۔۔۔ یہ خیال آتے ہی میں نے اس قمیص کو آنکھوں سے لگا لیا تاکہ اس کے لمس کو محسوس کر سکوں، اس کی بھینی بھینی خوشبو کو سونگھ سکوں مگر دروازے کی گھنٹی نے مجھے چونکا دیا۔ میں نے جلدی سے

ان آرزوؤں کو لپیٹ کے رکھ دیا کیوں کہ میں نہیں چاہتی تھی کہ شہاب کو ان کے بارے میں پتا چلے۔ اس کے خیال میں تو سب کچھ اچھا تھا اس نے آسمان کے چاند تارے میرے قدموں میں لا کر رکھ دیئے تھے اور سمجھ رہا تھا کہ وہ میرے لیے کافی ہوں گے۔

گھنٹی مسلسل بجے جا رہی تھی میں نے جلدی سے باہر کا دروازہ کھولا تو سامنے کوریئر والا کھڑا تھا۔۔۔۔۔۔ اس نے ڈبہ تھمایا تو میں نے سائن کر کے بے دلی سے لے لیا۔۔۔۔۔۔ سوچا کہ پتا نہیں شہاب نے پھر مجھے بہلانے کے لیے کچھ منگا لیا ہو گا۔ میں نے ڈبے کو وہیں کاؤنٹر پہ رکھا اور بستر پر جا کے ڈھ سی گئی۔

میری آنکھ کھلی تو جو پہلی چیز محسوس ہوئی وہ کچن سے آنے والی اٹالین کھانے کی خوشبو تھی۔۔۔۔۔۔ پتا نہیں کیوں شہاب کرتا ہے یہ سب۔۔۔۔۔۔ کھانا تو میں نے پکایا ہوا تھا۔۔۔۔۔۔ مگر شہاب پھر بھی نئی سے نئی ترکیبیں ڈھونڈتا ہے خواہ مخواہ۔ مجھے تو ہر کھانے کا مزہ ایک سا ہی محسوس ہوتا ہے۔۔۔۔۔۔ پھیکا۔۔۔۔۔۔ بے ذائقہ۔۔۔۔۔۔ گھڑی پہ نظر پڑی تو پتا چلا کہ مجھے سوتے ہوئے پانچ گھنٹے گزر گئے تھے۔ میں نے انگڑائی لی اور سست قدموں کے ساتھ کچن کا رُخ کیا۔۔۔۔۔۔ مگر دروازے میں ہی مجھے شہاب نے روک لیا اور آنکھیں بند کرنے کو کہا میں نے منع بھی کیا مگر وہ خود میری آنکھوں کو بند کر کے مجھے کندھوں سے تھامے ڈرائنگ روم میں لے گیا۔ وہاں کا منظر ہی نرالا تھا۔ پورا کمرہ کانچ کی قندیلوں سے روشن تھا۔ میز پہ رکھے جا بجا دیے جل رہے تھے جو رنگ برنگی سیپی نما پیالیوں میں خوبصورتی سے سجائے گئے تھے اور عین ان کے درمیان ایک سفید گلابوں کا گلدستہ کچھ اس طرح سجا تھا کہ اس کی بیلیں گلدان کے اطراف میں بھی جھول رہی تھیں۔ میں سب سجاوٹ دیکھ کر مسکرا دی۔ شہاب کی طرف دیکھ کے پوچھا: "آج کوئی خاص بات ہے جو میں بھول رہی ہوں؟" وہ بھی جواباً مسکرایا اور کہا: "ہے نا خاص الخاص بات!" اس نے محبت سے

میری آنکھوں میں جھانکتے ہوئے کہا: "آج کے دن میں نے یہ طے کیا تھا کہ میں صرف تم سے شادی کروں گا۔" میں نے حیرانی سے اس کی طرف دیکھا اور کہا: "تمہیں اتنی پرانی باتیں کیسے یاد رہتی ہیں؟" وہ ہنس پڑا کہنے لگا"

میری یادداشت میں ایک چھلنی نصب ہے جس میں صرف خوشی دینے والی باتیں رہ جاتی ہیں اور باقی باتیں آپ ہی آپ چھن کر زائل جاتی ہیں۔"

وہ بولتا جارہا تھا اور ڈشز مجھے دیتا جارہا تھا اور میں سوچ رہی تھی کہ پتا نہیں کون سی مٹی کا بنا ہوا ہے اس پہ کسی بات کا اثر کیوں نہیں ہوتا۔ کھانے کے بعد ہم دونوں ٹیرس پہ رکھے جھولے پہ آبیٹھے تھے۔ ہمارے سامنے میز پر سیلون کی خوشبو دار چائے کے کپ رکھے تھے۔ چائے میری کمزوری ہے اور شہاب دنیا بھر سے خوشبو دار چائے ڈھونڈ کر میرے لیے منگواتا تھا جو ہم اکثر مل کر انجوائے کرتے۔ اس نے میرا نام لے کر دوبارہ پکارا تو میں چونکی۔ وہ مجھے بتارہا تھا کہ وہ ایک ہفتے کے لیے ترکی جارہا ہے اور کوشش کرے گا کہ جلدی واپس آجائے۔۔۔۔۔۔ وہ بول رہا تھا اور میری آنکھیں اپنے مقابل پہاڑوں کی چوٹیوں کو تک رہی تھیں۔ کبھی میرا بھی شوق ہوا کرتا تھا کوہ پیمائش کا۔۔۔۔۔۔ کیسے کیسے ناقابلِ یقین خواب دیکھ لیتا ہے انسان! یہ سوچتے ہوئے مجھے اپنی حماقت پہ ہنسی آگئی غالبا شہاب نے بھی کوئی چٹکلا کہا ہوگا مجھے ہنستا دیکھ کر وہ سمجھا کہ اسی کی بات پہ ہنسی ہوں۔ کہنے لگا: "چھوٹی سی گڑیا لگتی ہو تم ہنستے ہوئے!" میری ہنسی اسی وقت گلے میں پھنس گئی تھی۔۔۔۔۔۔ مجھے اچھو سا لگ گیا۔۔۔۔۔ شہاب اندر جا کے پانی لایا، جو مجھ سے پیا نہیں گیا۔ مجھ سے سانس نہیں لی جارہی تھی اور شہاب پریشانی میں کبھی مجھے کمر پہ تھپکتا تو کبھی اوپر دیکھنے کو کہتا۔۔۔۔۔۔ بلآخر کچھ دیر بعد میری حالت غیر ہو کے آہستہ آہستہ سنبھل رہی تھی۔ شہاب نے مجھے کندھے سے سہارا دے کر اٹھایا اور کہا: "اندر چلو گڑیا" تو میں بپھر گئی۔ میں نے اس کا ہاتھ

جھٹک کر کہا: "نہیں ہوں میں گڑیا!"

"میں چالیس سال کی ادھیڑ عمر عورت ہوں جس کی گود آج تک ہری نہیں ہوئی اور اب ہو بھی نہیں سکتی، مگر تم کو کیا فرق پڑتا ہے؟ تم سارا دن اپنے کام میں مصروف رہتے ہو اور گھر آکر مجھے کسی پالتو جانور کی طرح پُچکار کر اپنی بچوں کی کمی پوری کر لیتے ہو مگر کبھی یہ سوچا ہے کہ میں کس کرب سے گزر رہی ہوں؟؟""

وہ ششدر سا، حیران آنکھوں سے میری جانب تک رہا تھا کیوں کہ میں نے کبھی اس لہجے میں بات نہیں کی تھی مگر شاید میں اپنی برداشت کی آخری حدوں تک پہنچ گئی تھی۔۔۔۔۔۔ لہٰذا بولتی گئی۔

"میری زندگی ایک دائرے کا سفر ہے، جس میں پچھتاوا، رنج، ناامیدی اور بے سکونی کے علاوہ اور کچھ بھی نہیں ہے۔ دَم گھٹتا ہے میرا اس تنہائی میں!! تھک گئی ہوں اپنی آرزوؤں کا لاشہ ڈھوتے ڈھوتے۔"

اس نے کچھ کہنے کے لیے منہ کھولا ہی تھا کہ میں نے اس کو اپنا فیصلہ سُنا دیا کہ "مجھے ایک بچہ گود لینا ہے اور بس!! میں اسے اکیلا چھوڑ کر اندر چلی گئی تھی۔

صبح میں اُٹھی تو اپنی سائیڈ ٹیبل پہ رکھا پیغام دیکھا۔ اٹھا کے پڑھا تو لکھا تھا: "واپس آکر بات کریں گے۔" میں نے وہ پرچہ برابر رکھی باسکٹ میں پھینک دیا اور چھت کو تکنے لگی۔ پانچ روز بعد جب شہاب آیا تو وہ تھکا ہوا الگ رہا تھا: میں نے اس سے معمول کے مطابق بات کی مگر ہمارے درمیان کی گئی آخری بحث کی کشیدگی موجود تھی۔ رات کھانے کے بعد ہم ٹیرس پر بیٹھے تھے تو شہاب نے بات شروع کی۔۔۔

"نازی، میں نے اس ٹرپ کے دوران بہت سوچا اور اس نتیجے پہ پہنچا ہوں کہ میں غلط تھا اور تم درست تھیں۔ ہمیں واقعی ایک بچہ گود لے لینا چاہیے۔" میں اسے دیکھ کر مسکرائی

اور اپنی نحیف آواز میں کہا "اچھا؟" وہ اُٹھ کے میرے برابر میں آ کے بیٹھ گیا تھا اور ہاتھ تھام کے بولا میں نے فیصلہ کر لیا ہے کہ ہم کل ہی کسی یتیم خانے جائیں گے اور ایک لڑکا گود لے لیں گے۔۔۔۔۔ فرط جذبات سے میری آنکھوں میں آنسو جھلملا گئے تھے۔۔۔۔۔ شہاب کے اندر بات کرتے ہوئے ایک خوشی بھی تھی اور ولولہ بھی تھا کہنے لگا: میں نے تو اس کا نام بھی سوچ لیا ہے!!" اس موقع پہ میں نے اس کے ہونٹوں پر انگلی رکھ کے اسے خاموش کر دیا۔ مجھے شہاب کے مزاج میں یکسر اتنے بڑے تغّیر کی توقع نہیں تھی۔ میں نے اسے اپنے ساتھ چلنے کا اشارہ کیا تو وہ راضی خوشی میرے پیچھے ہو لیا۔ میں اسے ایک کمرے میں لے گئی جو ہمارے کمرے کے برابر میں تھا۔۔۔۔۔ دروازہ کھول کر میں نے اسے اندر جانے کو کہا تو اس نے بھی حیرانی سے اندر جھانکا اور پھر غیر یقینی سے میری جانب دیکھا۔ میں نے نظروں سے اس کو قریب جانے کا اشارہ کیا، سامنے پالنے میں ایک شیر خوار بچی لیٹی ہوئی ہاتھ پاؤں چلا رہی تھی۔ میں نے اسے بتایا کہ تمہارے جانے کے اگلے دن ہی میں اسے لے آئی تھی، انہوں نے جب مجھے بچے دکھائے تو مجھے سب سے پیاری یہ لگی۔ شہاب کا گلا کچھ سوکھ رہا تھا اس نے کھنکھارتے ہوئے کہا: "لڑکی ہے؟" میں نے فخر سے کہا: "ہاں!" اس نے دھیمے سے کہا: "اچھا۔۔۔۔۔ اب نیا نام سوچنا ہو گا۔" میں نے بچی کو گود میں اٹھایا اور شہاب کی بانہوں میں دیتے ہوئے کہا: "میں نے اپنی بیٹی کا نام صوفیہ شہاب درج کرا دیا ہے۔" شہاب نے اس روئی کے گالے کو تھاما تو مسکرائے بغیر نہ رہ سکا اور ایسا محو ہوا اس کو کھلانے میں کہ بھول ہی گیا کہ کمرے میں کوئی اور بھی ہے۔ مجھے ایسا لگا کہ جس پہاڑ کے دامن میں برسوں سے کھڑی تھی آج آخر کار اسے سر کر آئی ہوں۔

***

۵

یاد کا بوڑھا شجر

قرۃ العین خرم ہاشمی

"ابا میاں کہاں ہیں؟" صبا نے آہستگی سے پوچھا تھا کیوں کہ بڑی بھابھی غضب ناک تیوروں سے اسے گھور رہی تھی۔

"آ گیا تمہیں بڑے میاں کا خیال؟ پتا بھی ہے کہ بڑے میاں پچھلے کئی دنوں سے شدید بیمار ہیں۔ ڈاکٹر نے انہیں مکمل آرام کا مشورہ دیا ہے مگر وہ ہیں کہ کچھ سنتے ہی نہیں!۔ تھوڑی طبیعت بہتر ہوتی ہے چھڑی کے سہارے چھوٹے چھوٹے قدم اٹھاتے، پرانے سٹور روم میں پہنچ جاتے ہیں۔ اللہ بخشے تمہاری مرحومہ اماں جان نے ضرور وہاں کوئی خزانہ یا راز چھپایا ہو گا۔ جس کی خبر صرف ان کو ہی ہے تب ہی وہ گھنٹوں وہاں کچھ نہ کچھ تلاش کرتے رہتے ہیں اور سمجھ دار اتنے ہیں کہ کچھ پوچھو تو خاموشی کی چادر اوڑھے ٹکر ٹکر چہرہ دیکھنا شروع کر دیتے ہیں۔"

صبا نے گہری سانس لے کر اس کے چہرے سے نظر ہٹائی تھی۔ لوگوں کو اکثر احساس نہیں ہوتا ہے کہ غصہ اور نفرت اچھے بھلے چہرے کے نقوش بگاڑ کر انہیں خوف ناک بنا دیتے ہیں۔

"میں ابا میاں کو دیکھتی ہوں!" صبا وہاں سے خاموشی سے اُٹھ کر اس بڑے سے گھر

کے کونے میں بنے پرانے سٹور روم میں چلی آئی جہاں اماں کے زمانے کا پرانا سامان اور فرنیچر پڑا اپنی مدت پوری کر رہا تھا۔ پیلے بلب کی روشنی میں صبا نے، سفید کپڑوں میں ملبوس، اپنے کمزور اور نحیف ہاتھوں سے اِدھر اُدھر پڑی چیزیں ہٹاتے کچھ ڈھونڈتے، ابا میاں کو اداسی سے دیکھا تھا۔ صبا نہ جانے پچھلے کتنے برسوں سے اپنے باپ کو کسی ان دیکھی چیز کی تلاش میں برف کی سل کی طرح قطرہ قطرہ پگھلتے دیکھ رہی تھی۔ تلاش کا سفر ظاہری مسافت رکھتا ہو یا باطن کی تہ در تہ پرتیں کھولتا ہو۔ اس میں وجود اور جسم ایسے ہی گھلتے ہیں جیسے تیز دھوپ میں پگھلتی برف! تلاش اپنا خراج فنا کی صورت میں لیتی ہے۔ اب یہ فنا کس پیمانے پر اور کتنی تیزی سے ہوتی ہے یہ اپنا اپنا نصیب ہوتا ہے! اپنی اپنی چاہ پر منحصر ہوتا ہے۔ جس کی جتنی چاہت ہو گی اس کا حاصل بھی اتنا ہی ہو گا۔

"ابا میاں! کیا ڈھونڈ رہے ہیں؟" صبا نے نرمی سے باپ کے کندھے پر ہاتھ رکھتے ہوئے اپنی طرف متوجہ کرتے ہوئے پوچھا تھا۔ ابا میاں نے چونک کر خالی خالی نگاہوں سے اس کے چہرے کی طرف دیکھا تھا۔ اس وقت اُن کے چہرے پر اتنی بے بسی تھی کہ صبا کا دل تڑپ کر رہ گیا۔

"ابا میاں! کیوں اپنے ساتھ ساتھ ہمیں بھی اذیت دے رہے ہیں؟ سب کہتے ہیں کہ آخری عمر میں پروفیسر صاحب کسی ذہنی مرض کا شکار ہو گئے ہیں مگر ابا میاں! دنیا چاہے کچھ بھی کہے مگر ایک بیٹی کا دل جانتا ہے کہ اس کا باپ پاگل نہیں ہے! جو شخص آج بھی ماضی اور حال کی سب سمجھ بوجھ رکھتا ہو۔ آج بھی اپنے طالب علموں میں علم کے خزانے بانٹتا ہو، ایسا شخص بھلا ذہنی طور پر ناکارہ کیسے ہو سکتا ہے؟ میں نہیں جانتی کہ آپ کی تلاش کیا ہے، آخر آپ کی زبان تک یہ سچ کیوں نہیں آتا؟ مگر ابا میاں میں آپ کو اتنا بے بس اور لاچار بھی نہیں دیکھ سکتی! زندگی میں وہ مقام بہت تکلیف دہ ہوتا ہے جب ہم اپنے پیاروں کو

بے بسی کی دلدل میں لمحہ بہ لمحہ اترتے دیکھتے ہیں اور کچھ بھی نہیں کر پاتے ہیں۔" صبا نے روتے ہوئے باپ کے جھریوں بھرے کمزور ہاتھوں کو تھاما تھا۔ ابا میاں نے نم آنکھوں سے اسے دیکھا اور اس کا سر تھپکتے ہوئے کمزور لہجے میں بولے:

"میں نے تمہاری اماں کو لیدر کا ایک چھوٹا بیگ دیا تھا جس میں۔۔۔!" اسی وقت آہٹ ہوئی تو دونوں نے چونک کر دروازے کی طرف دیکھا، جہاں متجسس نظروں سے دیکھتی، بڑی بھابھی کھڑی تھی۔ ان دونوں کے دیکھنے پر گڑبڑا کر غصے سے بولیں:

"اچھا تو بڑے میاں نے گاؤں والی زمین کے کاغذ کسی لیدر کے بیگ میں چھپائے ہیں۔ مجھے پہلے ہی شک تھا کہ زمین کے کاغذ گم ہونے والی بات سراسر جھوٹ پر مبنی ہے۔ دیکھو! ذرا خدمت ہم لوگ کریں اور سارا اثاثہ بیٹی لے جائے۔ واہ جی کیسا انصاف کیا بڑے میاں نے۔"

بڑی بھابھی تیز تیز بولتی وہاں سے چلی گئی مگر صبا جانتی تھی کہ یہ بات یہاں پر ہی ختم نہیں ہو گی۔ ایسا ہی ہوا شام تک عدالت لگ چکی تھی اور فردِ جرم اس پر عائد کرتے ہوئے اسے سب کچھ سچ سچ بتانے کو کہا گیا تو وہ افسردگی سے مسکرا کر اپنے بڑے بھائی سے بولی:

"بھائی! ابا میاں نے بہت پہلے ہی اپنے سب اثاثے، اپنا سب کچھ ہم تینوں بہن بھائیوں میں تقسیم کر دیا ہے۔ احمد بھائی اپنا حصہ لے کر دبئی جا چکے ہیں، رہ گئے آپ اور میں تو ہمارے پاس بھی اللہ کا دیا سب کچھ ہے۔ جہاں تک گاؤں والی زمین کی ملکیت کی بات ہے تو ابا میاں بہت سال پہلے ہی اس زمین کو گاؤں کے بچوں کے سکول کے لئے وقف کر چکے ہیں۔ پھر ایسی بات کرنے یا سوچنے کا کیا فائدہ؟"

"ہاں میں جانتا ہوں مگر وہ تمہاری بھابھی کہہ رہی تھی کہ۔۔" بڑے بھائی نے شرمندہ لہجے میں کچھ کہنا چاہا تھا۔

"بھائی ہر رشتہ اپنی اپنی جگہ پر سچ اور جھوٹ کے تناسب سے مل کر ہی بنتا ہے مگر اصل بات یہ ہے کہ کس رشتے میں کتنا سچ ہے اور کس رشتے میں کتنا جھوٹ، اس کا فیصلہ ہر خردمند انسان خود کرتا ہے۔"

اس رات صبا کو ابا میاں کی بگڑتی حالت کے پیشِ نظر وہاں رکنا پڑا۔ ابا میاں تین دن زندگی اور موت کی کشمکش میں مبتلا رہے اور پھر ایک صبح خاموشی سے خالقِ حقیقی سے جا ملے۔ موت کی آہٹ سے پھیلا سناٹا، اپنے پنجے بہت اندر تک گاڑ دیتا ہے کہ ایک بار ہی سہی مگر موت کی اذیت سارے جسم میں جمود ضرور طاری کر دیتی ہے۔ مگر اس دل چیرتے سناٹے کو زندگی کی ایک چہکار ہی درہم برہم کرنے کے لئے کافی ہوتی ہے، شاید زندگی کی رونقیں اسی لئے ہیں کہ اپنے پیاروں کی موت کے غم کو کسی حد تک بھلایا جا سکے، موت کی سرد چاپ سے، زندگی کی آہٹ کشید کی جا سکے۔ ابا میاں سے محبت کرنے والے، انہیں یاد کرنے والے بہت سے لوگ اور بھی تھے جن کی تربیت اور کامیابی میں ابا میاں کا بہت بڑا ہاتھ تھا۔ وہ لوگ بھی اپنے پیارے اور شفیق استاد کی موت کا افسوس کرنے جوق در جوق آ رہے تھے۔

"پروفیسر صاحب جیسے نیک لوگ بہت کم ہوتے ہیں، میں ایسے بہت سے غریب اور مستحق طالب علموں کو جانتی ہوں، جن کے تعلیمی اخراجات پروفیسر صاحب نے بہ خوشی پورے کیے تھے۔" وہ خاتون کافی دیر سے وہاں بیٹھی رو رہی تھی۔ ابا میاں کو آج اس دنیا سے گئے دس دن گزر چکے تھے۔

"ویسے مجھے ایک بات کی سمجھ نہیں آئی۔۔! سنا ہے کہ پروفیسر صاحب آخری دنوں میں عجیب بہکی بہکی سی باتیں کرتے تھے؟ کیا یہ سچ ہے کہ وہ کسی ذہنی بیماری کا شکار ہو گئے تھے؟" اس عورت کے پوچھنے پر بڑے بھائی افسوس بھرے انداز میں بولے:

"جی بس! آخری دن ان کے کچھ ایسے ہی گزرے ہیں۔ بس اللہ کی جو مرضی۔۔!"

صبا نے ایک نظر سامنے بیٹھے، ذی ہوش لوگوں پر ڈالی تھی۔ جو کتنی آسانی سے کسی کو پاگل ہونے کا سرٹیفکیٹ دے رہے تھے۔ ان لوگوں کو اس بات کا کامل یقین تو تھا کہ ابا میاں ذہنی مریض بن گئے تھے مگر اس بات کے پیچھے کون سے عوامل تھے یہ جاننے کی چاہ تھی نہ غرض۔ صبا کسی سے کیا کہتی کیوں کہ یہ بھی سچ تھا کہ ابا میاں پچھلے کچھ برسوں سے کسی گم شدہ چیز کی تلاش میں پریشان رہتے تھے۔ پہلے پہل ابا میاں کی تلاش کی کسی کو خبر نہیں ہوئی، کیوں کہ وہ یہ کام بہت خاموشی سے کرتے تھے اور سب اپنی اپنی زندگی میں اتنے مگن اور گم تھے کہ کسی کو ابا میاں کے معمولات میں تبدیلی آنے کی خبر نہ ہوئی۔ مگر جب ابا میاں کی تلاش میں تیزی اور شدت آنی لگی تو سب چونک اُٹھے۔ سارے گھر میں اماں کی وفات سے کچھ پہلے ہی نیا سامان لایا گیا تھا۔ جب کہ اماں کے زمانے کی سب چیزوں کو پرانا کہہ کر گھر کے آخری کونے میں بنے سٹور روم میں پہنچا دیا تھا۔ ان دنوں ابا میاں، اماں کی بیماری سے بہت پریشان اور حواس باختہ رہتے تھے کہ کسی اور بات کا ہوش ہی نہیں رہا تھا اور پھر اماں کی وفات کے کچھ عرصے بعد تک ابا میاں گم صُم رہے مگر پھر نہ جانے انہیں کیا یاد آیا کہ وہ بے چین ہو کر پرانی چیزیں کھنگالنے لگے۔ اپنی تعلیمی مصروفیات کے باعث سے پہلے یہ کام چھٹی والے دن کرتے تھے۔ مگر جب ابا میاں اپنی اس ذمہ داری سے بھی سبک دوش ہو گئے تو وہ اکثر ہی پرانے سٹور روم میں پائے جانے لگے تھے۔ پہلے اس بات کو معمولی سمجھ کر نظر انداز کر دیا گیا مگر آخر کب تک۔۔! گھر کی دونوں بہوئیں روز روز کی اس تلاش سے چڑنے لگی تھیں کیوں کہ ابا میاں اکثر گھر کے بچوں کو بھی اپنے ساتھ سامان اٹھانے یا گھسیٹنے میں لگا لیتے تھے۔ بچے یہ کام بہت شوق سے کرتے اور اتنے ہی شوق سے ان کی مائیں، اس بات پر ان کی پٹائی کرتی تھیں۔ ان دنوں چھوٹے بھائی باہر جا چکے تھے اور بہت جلد

اپنے بیوی، بچوں کو بھی اپنے پاس بلانے والے تھے۔ وہ وقت بھی بہت جلد آگیا، جب نظر کے سامنے رہنے اور بسنے والے، پردیسی بن گئے۔ ابامیاں کا آنگن بہت سی آوازوں سے خالی ہو گیا تھا۔ ابامیاں کی تلاش میں اب شدت آتی جارہی تھی۔ سردی ہوتی یا شدید گرمی، وہ موسم کی سختی کی پرواکئے بغیر، سٹور روم میں پہنچ جاتے اور اپنی زندگی کے آخری دنوں تک یہی لگن لگی رہی جو ان کے ساتھ ہی مٹی کا حصہ بن گئی تھی۔

آج دو مہینے کے بعد صبا پھر اسی پرانے سٹور روم کے دروازے پر نم آنکھیں لئے کھڑی تھی۔ سٹور کا سب سامان کاٹھ کباڑ والوں کو بیچا جا چکا تھا جو تھوڑا بہت باقی تھا وہ بھی ردی کے بھاؤ بیچا جارہا تھا۔

جب اس سامان کو استعمال کرنے والے اپنے پیارے اور عزیز لوگ ہی زندہ نہ رہیں تو اس سامان کی کیا اہمیت رہ جاتی تھی۔ مگر نہ جانے کیوں صبا کو آج بھی ہر چیز پر اپنے والدین کا شفیق لمس محسوس ہو رہا تھا۔ وہ آج بھی گزرے لمحوں کے لہراتے سائے، پرانے در و دیوار پر دیکھ رہی تھی۔ اماں اور ابامیاں نے کبھی بہت محبت اور چاہ سے یہ سب بنایا تھا جو آج اتنی بے دردی سے کوڑیوں کے دام بک رہا تھا۔ شاید یہ ہی زمانے کا چلن ہے پرانی چیزوں کی جگہ بہت جلد نئی چیزیں لے لیتی ہیں۔

مگر کیا یادوں کی جگہ بھی کوئی چیز لے سکتی ہے؟ یہ بیٹیاں بھی ناں! ہمیشہ ماں باپ کے آنگن سے وابستہ ہر چیز سے گہری محبت اور وابستگی رکھتی ہیں۔ بابل کے آنگن کی آس اور امید ہمیشہ ان کے دل کو گھیرے رکھتی ہے مگر آج صبا کی یہ آس بھی کہیں کھوگئی تھی۔ صبا نے دوپٹے کے پلو سے اپنی نم آنکھوں کو آہستگی سے صاف کیا اور خاموشی سے بیرونی دروازے کی طرف بڑھ گئی۔ جب سامان اٹھواتے، بڑے بھائی کی نظر اس پر پڑی تو وہ اپنی خجالت چھپانے کے لئے بولے:

"میں نے تو بار بار تمہیں کہا تھا کہ اگر ان چیزوں میں سے تم کچھ لینا چاہو تو شوق سے لے جاؤŸ گر تم نے منع کر دیا۔"

"جی بھائی! میں نے کب کہا کہ آپ نے مجھے روکا ہے کسی بات سے!" صبا نے نرمی سے ہلکی سی مسکراہٹ چہرے پر سجا کر کہا جیسے کسی اپنے کے عیب پر پردہ ڈال کر اسے معتبر بنانا چاہ رہی ہو اور یہ ہنر بھی اس نے اپنے والدین سے ہی سیکھا تھا۔

"دیکھو نہ صبا ہم خوامخواہ، ہی ابا میاں پر شک کرتے رہے۔ سٹور خالی کروایا تو سامان کے نیچے سے لیدر کا یہ بیگ مل ہی گیا اور مزے کی بات ہے اس میں کچھ بھی خاص نہیں ہے۔ سوائے کچھ پرانے حساب کتاب کے! ابا میاں بھی ناں۔ پتا نہیں کیوں اسے ڈھونڈتے رہتے تھے۔" بڑی بھابھی نے کھوکھلی سی ہنسی ہنستے ہوئے ہاتھ میں پکڑا بیگ اس کی طرف بڑھایا تھا۔ جسے صبا نے خاموشی سے تھام لیا اور افسردہ لہجے میں بولی:

"ہم نہیں صرف آپ ابا میاں پر شک کرتی تھیں۔ ہمارے لئے ابا میاں سچ اور ایمان داری کا پیکر تھے۔ ویسے آپ کے منہ سے "ابا میاں" سن کر اچھا لگا، چاہے ان کے مرنے کے بعد ہی سہی آپ نے اپنے اور ان کے رشتے کا احترام تو کیا۔۔۔! اور اس بیگ کے لئے بہت شکریہ کہ آپ نے اسے بھی ردی سمجھ کر پھینک نہیں دیا اور اگر آپ لوگوں کو کوئی اعتراض نہ ہو تو میں اس انمول خزانے کو اپنے پاس رکھنا چاہوں گی۔"

"انمول خزانہ؟" اب کی بار دونوں میاں بیوی چونکے۔ ان کے حساب سے اس میں سب بے کار چیزیں تھیں۔ بڑے بھائی نے سوچتی ہوئی نظروں سے بیوی کی طرف دیکھا جیسے اس سے پوچھ رہے ہوں کہ تم نے اچھی طرح بیگ کی تلاشی لی تھی ناں!

"ایسا کیا ہے اس میں؟" بڑی بھابھی نے متجسس لہجے میں پوچھا۔ صبا نے خاموشی سے بیگ کھولا اور چند بوسیدہ اوراق کے ساتھ ساتھ کالے رنگ کی ایک ڈائری بھی برآمد کی اور

مدھم آواز میں کہنے لگی۔

"مرنے سے ایک رات پہلے ابامیاں نے اپنی تلاش کا راز کھولا تھا۔۔۔!"

اس کی آنکھوں سے آنسو کے شفاف قطرے نکل کر ہاتھ میں پکڑی چیزوں پر ایسے گر رہے تھے، جیسے تازہ قبر پر بکھرے سرخ پھولوں کی پتیوں پر اوس کی نمی ٹھہر جائے!

"ابامیاں نے بتایا تھا کہ جب ان لوگوں نے زندگی کا نیا سفر شروع کیا تھا تب ان کے حالات اس بات کی اجازت نہیں دیتے تھے کہ وہ اماں کی بہت سی چھوٹی بڑی خواہشوں کو پورا کر پاتے، مگر ابامیاں کو اماں سے بہت محبت تھی اور وہ ان کی ہر خواہش کو پورا کرنا چاہتے تھے اس لئے ابا میاں کے اصرار کرنے پر ہی ان دونوں نے یہ ڈائری لکھنا شروع کی تھی۔ جس میں اپنے اپنے احساسات اور روزانہ کی روٹین کی چھوٹی چھوٹی بے شمار باتیں ہوتیں۔ جب ابامیاں کی مصروفیات بے تحاشا بڑھ گئیں کہ وہ اماں کو وقت نہیں دے پاتے تھے، تب اماں نے یاد دھیانی کے طور پر اس ڈائری میں وہ سب کچھ محفوظ کرنا شروع کر دیا تھا! جو وہ کہنا چاہتی تھیں یا ابامیاں سے شیئر کرنا چاہتی تھیں، ابامیاں اکثر رات کو دیر سے گھر آتے اور سونے سے پہلے مطالعہ کرنا ان کی عادت میں شامل تھا۔ اس ڈائری کو پڑھ کر وہ اماں کی دن بھر کی مصروفیات اور احساسات سے واقف رہتے تھے، اس لئے کبھی ان میں کسی قسم کی غلط فہمی یا ذہنی فاصلہ پیدا نہیں ہوا تھا بلکہ جب جب ابامیاں اور اماں ایک دوسرے سے ناراض ہوتے، یا دوسرے کی کوئی بات بری یا تکلیف دہ لگتی تو وہ بھی اس ڈائری میں لکھ دیتے۔ اس طرح دونوں زندگی کی گہما گہمی اور مصروفیت میں بھی ایک دوسرے کے دل کے حال اور سوچوں سے واقف رہتے تھے! مگر کئی سالوں کے بعد، وقت کی تیز رفتاری اور بچوں کی ذمہ داریوں میں گم ہو کر یہ سلسلہ موقوف ہو گیا۔ پھر ابامیاں اور اماں نے اس ڈائری کو اپنے انمول خزانے کا نام دے کر بہت سنبھال کر رکھا تھا کہ جب

سب ذمہ داریوں سے فراغت پا لیں گے تو ایک دوسرے کی سنگت کو پھر سے محسوس کرتے ہوئے، گزرے دنوں کو مل کر یاد کیا کریں گے۔۔۔! اس وقت گزرے لمحوں کو پھر سے دہرائیں گے اور اپنی تنہائی کو، اپنے ماضی سے سجائیں گے!

مگر افسوس کہ اس کی نوبت ہی نہیں آئی۔ بہت سال پہلے اماں کی اچانک وفات نے ابا میاں کو یک دم تنہا کر دیا تھا۔ جب تک وہ اپنی پیشہ ورانہ سرگرمیوں میں مصروف رہے اماں کی یادوں سے لڑنا ان کے لئے آسان رہا مگر اپنی زندگی کے آخری چند سالوں میں وہ یادِ ماضی کے گرداب میں الجھتے، اپنے انمول خزانے کو ڈھونڈتے رہے مگر کامیاب نہ ہو سکے۔ جیسے جیسے ان کی تنہائی کا صحرا پھیلتا گیا، وہ یاد کی پرچھائیاں ڈھونڈتے ڈھونڈتے، خود یاد کا بوڑھا شجر بن گئے تھے اور آپ سب یہ سمجھتے رہے کہ وہ کسی ذہنی مرض کا شکار ہو گئے ہیں، جب کہ وہ صرف اپنی تنہائی اور اکیلے پن سے لڑنے کی ایک چھوٹی سی کوشش کرتے تھے۔۔۔!" صبا نے گہری سانس لے کر بات ختم کی اور گم صُم سے کھڑے، احساسات سے عاری ان بتوں پر نظر ڈالی جو محبت، ایثار، سادگی، وفاداری کے اصل ذائقوں سے بھلا کب آشنا تھے!

"اور تو سب ٹھیک ہے مگر مجھے ایک بات سمجھ نہیں آرہی۔۔۔!" کچھ دیر کی خاموشی کے بعد صبا نے پرسوچ انداز میں کہا تو دونوں نے سوالیہ نظروں سے اس کی طرف دیکھا تھا۔

"ابا میاں کی سب جائیداد اور اثاثے ان کی اولاد میں شرعی لحاظ سے تقسیم کر دیے گئے ہیں مگر اس دن سے میں اس سوچ میں ہوں کہ اس انمول خزانے کی وراثت کسے ملنی چاہیے؟ بیٹوں کو یا بیٹیوں کو؟ کون اس وراثت کا اصل حقدار ہے؟

کیا یادوں، احساسات اور محبت کے اثاثے بھی سب اولادوں میں برابر تقسیم کیے جا

سکتے ہیں؟ کیا اسے بھی دنیا کے بازار میں نیلام کیا جا سکتا ہے؟ کیا ان جذبوں کی بولی بھی لگتی ہے بازاروں میں؟ میرے پاس ان سب سوالوں کے جواب تو نہیں ہیں مگر ایک خوف ضرور ہے کہ کل جب ہمارے بچے، بڑے ہو کر وراثت کے دعوے دار ہوں گے تو کیا ہماری طرح وہ بھی صرف مادی چیزوں کی ہی وراثت مانگیں گے؟ کیا ہم بھی یاد کا بوڑھا شجر بن کر اپنی اپنی جان لیوا تنہائی کا آخری پہر کاٹیں گے؟ اسی لئے، میں یہ انمول خزانہ اپنے سب بچوں میں تھوڑا تھوڑا کر کے ضرور تقسیم کروں گی تا کہ آنے والے وقت میں، وہ اپنے والدین کو یاد کا بوڑھا شجر بننے سے بچا سکیں۔"

صبا نے لیدر کے بیگ کو مضبوطی سے تھاما اور دہلیز پار کر گئی۔

***

٦

باز

فریال سید

"مورے! میں ٹھیک ہو جاؤں گا ناں؟"

اس نے بڑی بڑی آنکھوں میں ڈھیروں امید سموتے ہوئے اپنی ضعیف ماں کے چہرے پہ یقین کی ایک رمق تلاش کی۔

"ہاں میرے بچے تم بالکل ٹھیک ہو جاؤ گے۔ اللہ بہت بڑا ہے، وہ کوئی حل نکال لے گا۔"

روشن بی بی نے اپنے چہرے پے مصنوعی خوش امیدی سجاتے ہوئے جنید کو امید دلائی۔

جنید خان، روشن بی بی کا واحد سہارا، ان کا اکلوتا بیٹا تھا، جو پیدائشی طور پر دل کے عارضے میں مبتلا تھا۔ اس کے والد کا انتقال جنید کے بچپن میں ہی ہو گیا تھا۔ تب سے اب تک روشن بی بی لوگوں کے گھروں میں کام کر کے اپنا گزر بسر کر رہی تھی اور جنید کی تعلیم کا خرچہ اٹھا رہی تھی۔ تب ہی ایک دن اسکول سے واپسی پر جنید کی طبیعت بگڑ گئی۔ سرکاری ہسپتال پہنچنے پر پتا چلا کہ جنید کی بیماری خطرناک حد تک بڑھ چکی ہے اور اگر جلد از جلد آپریشن نہ کیا گیا تو اس کی جان کو خطرہ ہو سکتا ہے۔ اس آپریشن کے لئے کم سے کم پانچ لاکھ

روپے درکار تھے۔

۵ لاکھ روپے "جو روشن بی بی نے کبھی خواب میں بھی نہ دیکھے تھے، کہاں انکا بندوبست کرنا۔

مگر چودہ سالہ معصوم جنید جس کا سارا بچپن اپنی بیماری سے لڑ لڑ کر گزرا تھا وہ آنکھوں میں مکمل صحت یاب ہونے کا خواب سجائے بیٹھا تھا اور روشن بی بی اس کی خوش امیدی دیکھ کے صرف ایک بار، ایک کوشش کرنا چاہتی تھیں۔

تب ہی جنید کو جلدی واپس آنے کا کہہ کر وہ اپنی مالکن کے پاس آگئیں۔ ان سے کوئی خاص امید تو نہ تھی مگر پھر بھی وہ ایک کوشش کرنا چاہتی تھی۔

مالکن کے گھر تو عجیب جشن کا سماں تھا۔ صاحب اور بیگم صاحبہ مٹھائی بانٹ رہے تھے۔ خوشی تھی کہ ان کے چہروں سے عیاں تھی۔ وہ کچھ دیر اور وہیں کھڑی رہتی اگر بیگم صاحبہ کی نظر اس پر نہ پڑتی۔

"ارے آؤ آؤ روشن! ادھر کیوں کھڑی ہو؟ آؤ تم بھی مٹھائی کھاؤ۔ دیکھو تمہارے صاحب اپنا کیس جیت گئے۔" جوش سے کہتی بیگم صاحبہ نے روشن کی آنکھوں کے آنسو نہ دیکھے، ورنہ اِس طرح مٹھائی نہ تھماتیں۔

"وہ بی بی جی میں نے کہنا تھا کہ۔۔ وہ جی میرا جنید ہسپتال میں ہے۔ اگر آپ میری تھوڑی مدد کر دیتے تو۔۔۔"

روشن کے لہجے کی کپکپاہٹ اس کی گھبراہٹ کی غماز تھی۔

"ہاں! کیوں نہیں۔ بتاؤ کتنے پیسے چاہئیں تمہیں۔"

بیگم صاحبہ نے خوش دلی سے کہا تو روشن کی تھوڑی ہمت بندھی۔

"وہ جی، اس کے آپریشن کے لیے پانچ لاکھ روپے کی ضرورت ہے اور ڈاکٹر نے کہا

ہے کہ اگر جلدی پیسوں کا بندوبست نہ ہوا تو۔۔۔"

روشن کی آواز آنسوؤں میں ڈوب گئی اور وہ بات مکمل نہ کر سکی۔ اس نے ڈرتے ڈرتے نظریں اٹھا کر بیگم صاحبہ کے چہرے کو دیکھنا چاہا تھا۔ آنسوؤں کی دھند کے پار اسے بیگم صاحبہ کے نقوش سپاٹ ہوتے نظر آئے۔ خوف کی ایک سرد لہر اس کے وجود میں سرائیت کر گئی۔ جس انکار کا اسے خوف تھا، شاید بیگم صاحبہ وہی کرنے والی تھیں، اور اس سے آگے وہ سوچنا نہیں چاہتی تھی۔

"ایسا ہے روشن کہ۔۔" بیگم صاحبہ نے ٹانگ پہ ٹانگ رکھتے ہوئے تمہید باندھی۔

"تمہارے صاحب آج جو یہ ضروری کیس جیتے ہیں، اِس کے لیے انھوں نے وکیل کو پانچ لاکھ روپے فیس دی ہے۔ تو۔۔۔" وہ ایک ثانیے کو رکیں۔

"تو اگر تم پہلے آجاتی تو شاید کچھ ہو بھی جاتا، پر اب تو ناممکن ہے۔"

بیگم صاحبہ نے اپنی انگلی میں موٹے ہیرے کی انگوٹھی گھماتے ہوئے بات مکمل کی اور روشن بی بی کی آنکھوں سے آنسو ٹوٹ کے برسے تھے۔ وہ بنا کچھ کہے واپسی کے لیے پلٹی۔

"اے میرے پاک خدا! اب میں کیا کروں گی۔ یہ تو نے مجھے کیسی آزمائش میں ڈال دیا ہے؟ میں کہاں سے لاؤں پانچ لاکھ؟ کیا کروں میں آخر؟ شاید میں پہلے آجاتی تو بیگم صاحبہ پیسے دے بھی دیتیں، پر اب تو وہ وکیل کو۔۔۔وکیل!!!!"

روشن بی بی کی آنکھوں میں امید کی لو ٹمٹمائی۔ وہ تیزی سے مڑی اور بیگم صاحبہ تک آئی۔

"بیگم صاحبہ! وہ جی اس وکیل کا پتا مل سکتا ہے؟ آپ کی بڑی مہربانی ہو گی جی۔ خدا کے لیے۔"

بیگم صاحبہ نے تھوڑی دیر اسے ترش نگاہوں سے گھورا، پھر صاحب سے ایک کارڈ لے کے اس کی طرف بڑھا دیا۔

خوشی سے نہال ہوتی روشن بی بی نے عجلت میں ان کا شکریہ ادا کیا اور تیزی سے باہر کی طرف بڑھ گئی۔ اس کا رخ بس اسٹینڈ کی طرف تھا۔ وہاں بس کے انتظار میں کھڑی ایک طالبہ سے کارڈ پہ درج پتے کے بابت پوچھا۔ اس نے خوش دلی سے پتا سمجھایا۔

روشن بی بی کے دل میں امید اور خوف کے ملے جلے احساسات جاگ رہے تھے جن میں شرمندگی کی آمیزش بھی تھی۔ پہلی دفعہ کسی کے سامنے ہاتھ پھیلانے سے زیادہ ایک خودار انسان کے لیے اِس دنیا میں کچھ بھی مشکل نہیں۔

اپنے خیالوں میں گم وہ اپنی منزلِ مقصود پہ پہنچ چکی تھی۔

کپکپاتے قدموں کے ساتھ اس صاف ستھرے آفس میں پہلا قدم رکھا تو گارڈ تیزی سے اس کی طرف بڑھا۔ وہ جانتی تھی اگر اس نے اپنا مدعا گارڈ کو کہہ سنایا تو اندر کبھی نہ جا پائے گی۔ اِس لئے اسے کارڈ دکھا کر کہا کہ صاحب نے خود بلایا ہے۔

گارڈ نے پہلے جانچتی نگاہوں سے اسے دیکھا پھر اندر جانے کی اجازت دے دی۔ وہ ڈرتے ڈرتے اندر کی طرف بڑھی۔

کالے سوٹ میں ملبوس کئی نوجوان وہیں اپنے کام میں مصروف بیٹھے تھے۔ ان میں سے ایک اس کی طرف متوجہ ہوا۔

"خیر ہے اماں! کس سے ملنا ہے آپ کو؟"

"وہ بیٹا مجھے اِن صاحب سے ملنا ہے۔"

روشن بی بی نے ڈرتے ڈرتے ہاتھ میں پکڑا کارڈ اس تیکھے نین نقش والے نوجوان کی طرف بڑھایا۔

"ارے اماں آپ کو سر سے ملنا ہے تو یوں کہیں ناں۔ چلیں آجائیں میں ملاتا ہوں آپ کو سر سے۔"

خوش اخلاقی سے کہتا ہو وہ انہیں اپنے ساتھ لیے اپنے سر کے کمرے تک لے آیا۔ ہلکی سی دستک کے بعد اس نوجوان نے دروازہ کھولا تو سامنے کا منظر واضح تھا۔

سیاہ سوٹ میں ملبوس ایک پینتیس چھتیس سال کے ایک نوجوان لڑکے نے مسکراتے چہرے کے ساتھ کھڑے ہو کر اس کا استقبال کیا۔ وہ دل ہی دل میں شرمندہ ہوتی ان کے سامنے والی کرسی پہ آکے بیٹھ گئیں۔

وکیل صاحب نے شائستہ لہجے میں ان کے آنے کی وجہ دریافت کی۔ وکیل صاحب کا پوچھنا تھا کہ روشن بی بی پھوٹ پھوٹ کے رو دی اور اپنی مشکل بیان کر کے مدد مانگی۔ وکیل صاحب ان کو تسلی دیتے ہوئے ان کے ساتھ باہر تک آئے اور جو تیکھے نقش والا نوجوان انہیں کمرے تک لے گیا تھا، اسے مخاطب کرتے ہوئے روشن بی بی کے ساتھ جانے کی ہدایت کی اور پتا کرنے کو کہا کہ آیا روشن بی بی جھوٹ تو نہیں کہہ رہیں؟

وہ نوجوان روشن بی بی کو ساتھ لئے اپنی ہی گاڑی میں ہسپتال تک آیا۔ وہاں جنید اور ڈاکٹر صاحب سے مل کے جنید کی ساری معلومات اکٹھی کر کے چلا گیا۔ روشن بی بی کے دل میں خوش امیدی جاگی تھی۔

جب کہ نوجوان واپس آفس پہنچا اور وکیل صاحب کو ساری معلومات سے آگاہ کیا۔ وکیل صاحب تھوڑی دیر خاموش بیٹھے رہے، پھر اپنی دراز سے آج صبح ہی ملنے والا پانچ لاکھ روپے کا چیک نکالا اور نوجوان کی طرف بڑھا دیا۔ نوجوان نے سوالیہ نظروں سے ان کی طرف دیکھتے ہوئے چیک تھام لیا۔

"یہ لے جاؤ اور اس اماں کے بیٹے کا آپریشن جلد سے جلد کرانے کے انتظامات کرو۔"

نوجوان جونیئر وکیل نے حیرانی سے استفسار کیا:

"لیکن سر یہ آپ کی پہلی بڑی فیس ہے۔ آپ ایسے کیسے اپنے سارے پیسے۔۔۔"

اس سے پہلے کہ نوجوان وکیل کی بات مکمل ہوتی، سر نے اپنا ہاتھ اٹھا کے اسے مزید کچھ کہنے سے روک لیا۔

"زوئے! (پشتو میں بیٹے کو کہتے ہیں) ایسا نہیں کہتے۔ کیا پتا خدا میرا امتحان لے رہا ہو۔ میں اسے کیا جواب دوں گا؟"

سر کی بات پہ نوجوان وکیل خاموش ہو گیا۔

جنید کا آپریشن ہو گیا اور وہ مکمل صحت یاب بھی ہو گیا۔ اپنے پیروں پہ چل کے ایک دن وہ اور روشن بی بی وکیل صاحب کا شکریہ ادا کرنے بھی آئے تھے۔ روشن بی بی انہیں ڈھیروں دعائیں دیتیں، جنید کو ساتھ لئے چلی گئیں لیکن پھر وکیل صاحب کی کامیابیوں کا سلسلہ نہ رکا۔

گو کہ یہ پہلا واقعہ نہیں تھا جب وکیل صاحب نے یوں کسی کی مدد کی تھی۔ اِس سے پہلے بھی انہوں نے کئی لوگوں کی ایسے ہی مدد کی تھی۔ آفس کے باہر کھڑے ہونے والے خوانچہ فروشوں کے قریب سے صبح جب گزرتے تو جیب میں ہاتھ ڈالتے، جتنے پیسے ہاتھ میں آتے انہیں دیتے جاتے۔ اپنے ہی گروپ میں کام کرنے والے جونیئر وکلا کی بھی ہر ضرورت کا خیال رکھتے۔ ان کی ہر ممکن مدد کرتے۔ یوں دعائیں اور عزت کماتے کماتے، وکیل صاحب بلوچستان بار ایسوسی ایشن کے صدر نامزد ہو گئے۔ وہ اپنے مخالف سے بہت نمایاں ووٹ حاصل کر کے جیتے گئے۔ وقت گزرتا گیا۔ وکیل صاحب بی بی اے کے موجودہ صدر سے سابق صدر ہو گئے لیکن ان کی کامیابیوں کا سلسلہ رکا نہیں۔

وہ اب سپریم کورٹ کے وکیل تھے۔ جس کیس کے لیے انہیں منتخب کیا جاتا، جیت ا

ن کے موکل کے نصیب میں لکھ دی جاتی۔ اتنی عزت، دولت اور شہرت نے بھی ان کی فطرت نہ بدلی۔ بلکہ اب وہ پہلے سے بھی زیادہ لوگوں کی مدد کرنے لگے تھے اور وقت یونہی گزرتا گیا۔

پھر ایک دن بی بی اے کے موجودہ صدر بلال قاسی کو فائرنگ کرکے شہید کر دیا گیا۔

وکیل صاحب اس وقت کیسے پیچھے رہتے۔ اپنے ساتھی وکلا کو اپنے ساتھ لیے ہسپتال پہنچے جہاں پہلے ہی وکلا اور میڈیا کا جم غفیر موجود تھا۔ وکیل صاحب اور ان کے ساتھی وکلا بلال قاسی صاحب کی میت لینے میں پیش پیش تھے کہ اچانک ہجوم تھوڑا سا بڑھ گیا۔

وکیل صاحب کے ساتھ ہی اس تیکھے نقش والے نوجوان کو ہجوم نے پیچھے دھکیل دیا تھا۔ انہوں نے ارد گرد نگاہ دوڑائی، باقی سب ہی ساتھی موجود تھے، نہ تھا تو وہ جو ان کا سب سے چہیتا شاگرد اور ساتھی تھا۔ وہ یقیناً اسے فون ملاتے اگر میت نکالنے کا شور نہ مچتا۔ وہ سب چھوڑ چھاڑ باقی ہجوم کی طرح بلال قاسی شہید کی میت کی طرف متوجہ ہو گئے اسی اثنا میں ایک زور دار دھماکا ہو گیا۔ ہر سو بارود کی تیز بو اور دھوئیں کے کالے بادل چھا گئے۔ وکیل صاحب بھی زمین پہ گرے ہوئے تھے۔ انہوں نے آنکھیں کھول کے اطراف کا منظر دیکھنا چاہا مگر۔۔

ان کی آنکھوں میں مسلسل بہتا خون ہر منزل کو دھندلا رہا تھا۔ کانوں میں تیز سیٹی سی بج رہی تھی۔ کچھ لوگ ان کی طرف تیزی سے بڑھے تھے اور پھر انہیں کسی چیز کا ہوش نہیں رہا تھا۔

"تازہ ترین اطلاعات کے مطابق دھماکہ خودکش تھا، جس میں وکلا کو نشانہ بنایا گیا۔ ملک دشمنوں کی ایک اور سازش، جس میں وکلا بری طرح سے متاثر ہوئے۔ اب تک کی اطلاعات کے مطابق، دشمن نے سازش کے تحت صدر بلوچستان بار ایسوسی ایشن بلال قاسی

کو شہید کیا اور جب وکلا بڑی تعداد میں میت لینے ہسپتال پہنچے تو دہشت گرد نے خود کو دھماکے سے اڑا دیا۔ اب تک کی اطلاعات کے مطابق بھاری جانی نقصان ہونے کا خدشہ ہے۔ ہمارے نمائندے وقاص علی جائے وقوعہ پہ موجود ہیں آیئے جانتے ہیں ان سے زیادہ ترین صورتِ حال:

"جی وقاص! اب تک کی اطلاعات کے مطابق تقریباً کتنے جانی نقصان کا خدشہ ہے؟"

"جی نادیہ میں اس وقت جائے وقوعہ پہ موجود ہوں، یہاں قیامت کا سا منظر ہے ہر طرف انسانی اعضاء بکھرے پڑے ہیں۔ جائے وقوعہ کو دیکھتے ہوئے یہ کہنا غلط نہ ہو گا کہ بھاری تعداد میں جانی نقصان کا خدشہ ہے۔ ابتدائی اطلاعات کے مطابق پینتیس افراد اس افسوس ناک حادثے میں شہید اور ستر زخمی ہوئے ہیں۔"

"جی وقاص کچھ پتا چل سکا ہے کہ زخمیوں میں کتنوں کی حالت نازک ہے؟"

"جی نادیہ اس وقت تو یہ کہنا مشکل ہو گا لیکن ہسپتال ذرائع کے مطابق زخمیوں کی حالت بہت خراب ہے اور ایک زخمی کی شناخت بہ طور باز محمد کاکڑ، سابق صدر بلوچستان بار ایسوسی ایشن کی جا رہی ہے۔ باز محمد کاکڑ جو اپنے ساتھیوں سمیت بلال قاسی کی میت لینے سول ہسپتال آئے تھے اس بدترین دہشت گردی میں شدید زخمی ہوئے ہیں۔ جی نادیہ۔۔"

"بہت شکریہ وقاص ہمارے ناظرین کو تازہ ترین صورت حال سے اپ ڈیٹ کرنے کا۔"

ناظرین یہ افسوس ناک مناظر جو آپ اس وقت اپنی ٹی وی سکرینز پر دیکھ رہے ہیں یہ کوئٹہ کے سول ہسپتال میں ہونے والے خودکش دھماکے کے ہیں۔ جس میں تازہ ترین اطلاعات کے مطابق پینتیس افراد شہید اور ستر کے قریب زخمی ہیں۔ زخمیوں میں سابق صدر بی اے باز محمد کاکڑ بھی شامل ہیں۔"

آیئے بات کرتے ہیں ایک دفعہ پھر اپنے نمائندے وقاص سے۔

"جی وقاص! تازہ ترین صورتِ حال سے اپ ڈیٹ کیجیئے گا"

"جی نادیہ! ایک افسوسناک خبر سے آپ کو آگاہ کرتا چلوں کر ہسپتال زرائع کے مطابق سابق صدر بی اے اور بلوچستان کے جانے مانے وکیل باز محمد کاکڑ زخموں کی تاب نہ لاتے ہوئے شہید ہو گئے ہیں۔ تازہ ترین اطلاعات کے مطابق شہدا کی تعداد ۵۰ جبکہ زخمیوں کی تعداد ۹۰ ہو گئی ہے۔ زخمیوں کی تعداد زیادہ ہونے کی وجہ سے کچھ زخمیوں کو سی ایم ایچ شفٹ کیا جارہا ہے۔ آیئے بات کرتے ہیں اس واقعے کے عینی شاہد نوجوان سے۔"

"جی شاہ صاحب! آپ اس دھماکے میں زخمی ہوئے ہیں اور آپ کے بہت سے دوست اور ساتھی وکلا اس واقعے میں شہید ہوئے ہیں، آپ کیا کہنا چاہتے ہیں؟"

صحافی نے تیکھے نقوش والے نوجوان کے سامنے مائک کیا۔ نوجوان ایمبولینس میں لیٹا ہوا تھا، اس کا ایک بازو اور ایک ٹانگ پٹیوں میں جکڑے ہوئے تھے۔ رنگت بے حد زرد تھی لیکن چہرے پر بہادری کا ڈیرہ تھا۔

"جی بس اللہ معاف کرے قیامت تھی جو آکر گزر گئی۔ یہ ایک پری پلینڈ سازش تھی ہمارے خلاف۔ میرے سارے ساتھی شہید ہو گئے اپنے گروپ میں سے میں واحد بچا ہوں۔ ہمارے سر باز محمد کاکڑ صاحب ایک بہترین انسان تھے ان کی شہادت سے جو خلا۔۔۔"

"جی آپ کا بہت بہت شکریہ۔"

نادیہ جیسا کہ آپ نے عینی شاہد کی باتیں سنی۔ انہوں نے اس واقعہ کو پری پلینڈ سازش قرار دیا۔ میں اپنے ناظرین کو بتاتا چلوں کہ کسی عینی شاہد سے سب سے پہلے بات ہمارے چینل نے کی ہے۔ جی ہاں! ہم نے اپنی روایت قائم رکھتے ہوئے سب سے پہلے آپ

کو اس خبر سے آگاہ کیا۔۔۔۔۔"

نمائندہ اب بھی بہت کچھ کہہ رہا تھا یہ سوچے بنا کہ وہ تیکھے نقوش والا عینی شاہد اِس وقت کیا سوچ رہا ہے اور وہ عینی شاہد نمائندے کی پیٹھ دیکھ کر سوچ رہا تھا کیا واقعی انہیں کوئی فرق نہیں پڑتا کہ ہمارا باز، پاکستان کا باز اب نہیں رہا؟

کیا انہیں اندازہ ہے کہ وہ باز کتنے لوگوں کے لئے مسیحا تھا؟

المیہ یہ نہیں کہ کسی نے باز کی شہادت سے ہونے والے نقصان پر افسوس نہیں کیا، المیہ تو یہ ہے کہ اس دھماکے میں اور ہر دھماکے میں جانے کتنے باز شہید ہوتے ہیں۔ ایسے باز جو سچے پاکستانی اور نیک مسلمان ہوتے ہیں۔ دشمن ہمیشہ ہمارے بازوں پر ہی حملہ کرتی ہے۔

لیکن ہمیں نہ خبر ہوتی ہے نہ فرق پڑتا ہے۔ ہاں دو سے تین دن افسوس ہوتا ہے۔ ہم احتجاج کرتے ہیں، سوگ مناتے ہیں اور پھر زندگی دوبارہ اپنی ڈگر پر چل پڑتی ہے۔ فرق صرف تب پڑتا ہے جب ہم یا ہمارا کوئی اپنا ایسی دہشتگردی کی زد میں آتا ہے۔

وہ نوجوان سوچ رہا تھا کہ کہیں یونہی ہمارے باز شہید ہوتے گئے تو ہمارے ملک میں باز ختم نہ ہو جائیں۔ پھر اس ملک کے جنیدوں کی امداد کون کرے گا؟

وہ تیکھے نقوش والا نوجوان وکیل سوچ رہا تھا اور سوچے جا رہا تھا، کیوں کہ اس حادثے نے اسکی زندگی میں جو خلا کیا تھا، وہ کبھی پُر نہیں ہونا تھا۔ یہ سانحہ اس کی زندگی میں ہمیشہ کے لئے آکر ٹھہر چکا تھا۔

***

۷

محبت نام ہے جس کا

محمد حارث بشیر

اُداس موسم کی ایک سرد شام، اُس خزاں گزیدہ شجر کا وجود اپنی پیشانی پر کئی داستانیں رقم کیے کھڑا تھا۔ موسمِ برگ ریز کا شاخسانہ تھا کہ ایک ایک کر کے زرد پتے زندگی کے پل بِتانے کے بعد شجر سے بچھڑتے جا رہے تھے۔ وہ سیدھا سادا، تھکا ہارا شخص آنسوؤں بھرا چہرہ صاف کرتے ہوئے فریاد کناں تھا۔

"مولوی جی! کچھ کریں اُس کا، وہ پاگل ہو گیا ہے--- مجنوں بن گیا ہے--- کہتا ہے محبت ہو گئی ہے--- اب آپ ہی بتائیں، میں اس عمر میں کیا کروں--- کہاں جاؤں؟ وہ تو میری کچھ سنتا ہی نہیں جی---" اُدھیڑ عمر حکمت علی گاؤں کے مولوی کے پاس اپنی قسمت کا رونا رو رہا تھا۔

وہ سب اس وقت مسجد کے کچے صحن میں برگد تلے بیٹھے تھے۔ گارے مٹی سے بنی چھوٹی مگر صاف ستھری اور خوبصورت مسجد پنڈ سروہا کے سر پر تاج کی طرح سجی تھی۔ گاؤں ڈھلان میں تھا اور مسجد بلندی پر--- یہاں سے اُٹھتی اذان کی آواز سارے گاؤں میں گونجتی۔ مسجد کا صحن گھاس کی تہ سے ڈھکا ہوا اور اس کے تین اطراف پھول دار پودوں کی بھرمار تھی، جو اس وقت زرد موسم کی لپیٹ میں تھے۔ چوتھا حصہ مسجد کی طرف تھا جسے

خالی چھوڑ دیا گیا تھا۔ یہ عقبی حصہ تھا۔ یہیں بیٹھ کر مولوی صاحب گاؤں کے بچوں کو درس دیتے۔ آج درس کے بعد حکمت علی بڑے مہذب انداز میں بیٹھا اپنی بپتا مولوی صاحب کو سنا رہا تھا۔

"حکمت علی! تُو پریشان کیوں ہو گیا بھئی۔۔۔ محبت تو ایک میٹھا احساس ہے۔" انہوں نے اس کا درد سمجھنے کے بجائے جیسے جان بوجھ کر نمک پاشی کی ہو۔۔۔ حکمت علی سلگ کر رہ گیا۔

" نہیں حضور۔۔۔ محبت بھلا کیسے چنگی چیز ہو سکتی ہے۔ یہ تو روگ ہے جی روگ ۔۔۔ پاگل کر دیتی ہے بندے کو۔۔۔ میرے پتر کو نہیں دیکھا آپ نے۔۔۔؟ اچھا بھلا تو تھا پہلے۔۔۔"

"دیکھ حکمت! محبت بندے کو سونا بنا دیتی ہے پھر روگ بھی راگ بن جاتا ہے۔"

"پر وہ تو جی مٹی ہو گیا ہے۔" حکمت علی نے مولوی صاحب کی طرف خالی نگاہوں سے دیکھتے ہوئے کہا۔ وہ بولتا جا رہا تھا۔ "دیکھیں جی! نہ تو اُسے اپنی فکر ہے، نہ ہم بڈھے ماں پیو کا خیال ہے۔" حکمت علی واقعی مایوسی کی اتھاہ گہرائیوں میں غرق تھا۔ عمر کے اس حصے میں جب والدین اپنی اولاد سے بہت ساری امیدیں وابستہ کر لیتے ہیں کہ وہ ان کے دُکھ درد کا سہارا بنے گی۔۔۔ مگر یہاں تو معاملہ الٹ ہو چکا تھا۔ جوان بیٹا! محبت کا روگ پال بیٹھا تھا۔ اولاد کے یوں بگڑنے پر اگر ایک نحیف وجود اور کمزور اعتقاد والا شخص یاسیت کا شکار تھا تو یہ عجیب بات نہ تھی۔

"حکمت سائیں! میری بات لکھ لے، تیرا پُتر جب اس مٹی سے نکلے گا، تو دیکھنا سونا بن کر چمکے گا۔" یہ بات سن کر وہ خاموش ہو گیا، پھر کچھ توقف کے بعد خود ہی اس نے یہ خاموشی ختم کی۔

"کہتا ہے جی کہ میں اُس کے بغیر زندہ نہیں رہ سکتا۔۔۔ اور یہ بھی کہ وہ میری روح کے اندر تک اُتر چکی ہے۔۔۔ استغفراللہ!" حکمت علی کانوں کو ہاتھ لگانے لگا۔ مولوی صاحب زیرِلب دھیما سا مسکرادیے تھے۔

"آہ۔۔۔ محبت بھی انسان سے کیا کچھ اگلوالیتی ہے۔" انہوں نے سوچا اور ایک پھر دوبارہ لب کھولے: "تو حکمت علی! تُو رشتہ کروادے نا اس کا۔۔۔"

"میں گیا تھا جی ان کے گھر۔۔۔ پر وہ ذات کے سیّد ہیں، انہوں نے ہم کمیوں کے ہاں کب رشتہ کرنا ہے جی۔۔۔ دروازے ہی سے واپس بھیج دیا تھا۔"

"دیکھ میاں حکمت! اگر تو اُس کی محبت سچی اور پاک ہے، پھر دیکھنا وہ ضرور کامیاب ہوگا اور ایسا کامیاب کہ لوگ رشک کریں گے اس پر۔۔۔ ایسے کامیاب لوگ کمیاب ہی ہوتے ہیں۔"

حکمت علی شاید ان باتوں کو سمجھنے سے قاصر تھا۔ وہ بس اثبات میں سر ہلاتے ہوئے "جی جی" کی گردان کیے جارہا تھا۔

"تُو اپنے پتر کو میرے پاس بھیج۔۔۔ میں بات کرتا ہوں اُس سے۔" مولوی صاحب نے کہا۔

"بھلا ہو جی آپ کا۔۔۔ اللہ لمبی حیاتی کرے آپ کی۔" وہ اُن کا ہاتھ چومتا، آنکھوں کو لگاتا ہوا وہاں سے رخصت ہوگیا اور مولوی صاحب اپنے موٹے منکوں والی تسبیح پھیرتے ہوئے اللہ ھو کا ورد کرنے لگے۔

اس کی پیدائش پر گھر والوں نے اس کا نام "یوسف" رکھا تھا۔ اس کے علاوہ اسے کوئی اور نام جچتا ہی نہ تھا۔ وہ تھا ہی اتنا خوبصورت۔۔۔ گورا، چٹا، گول مٹول سا، بڑی آنکھوں، سنہری بالوں والا یوسف۔۔۔ جسے دیکھنے کے لیے سارا گاؤں ہی امڈ آیا تھا۔ یوسف "حکمت

علی " اور " فاطمہ " کی پہلی اولاد تھی۔ شادی کے تیرہ سال بعد ان کی دعاؤں کی قبولیت پر قدرت کی طرف سے یہ ایک تحفہ تھا۔ سارا گاؤں ان دو صابر لوگوں کے گھر میں چاند کی آمد پر خوشی سے نہال تھا۔ وہ چاند ہی تھا جو غریب کے آنگن میں اسے اپنے نور سے منور کرنے کے لیے اتر آیا تھا۔ مسکراتا تو اس کی آنکھیں روشن دیے کے مانند چمکنے لگتیں۔

یوسف کا باپ حکمت علی پیشے کے اعتبار سے کسان تھا۔ سارا دن مٹی میں رزق تلاش کرتے گزر جاتا۔ وہ اکثر مٹی میں مٹی ہی ہو جاتا، زمین کی نگہداشت کرتا اور اس سے سونا اگاتا تھا۔ پھر اس سونے کو تانبے کے داموں بیچ کر اپنا گزارا کرتا۔ اسے کبھی زیادہ کی طلب رہی نہ کم کا غم۔۔۔ رزق تو باری تعالیٰ نے انسان کا پہلے ہی سے لکھ رکھا ہے۔

حکمت علی پندرہ سال کا تھا جب اس کے والدین اس دنیا میں اُسے تنہا چھوڑ کر منوں مٹی تلے جا سوئے، اس کی زندگی میں واحد رنگینی اس کے والدین تھے۔ ان کے بعد تو زندگی گویا کسی طاق میں رکھے بجھے ہوئے چراغ مانند ہو گئی تھی، جس کے ارد گرد اندھیرا ہی اندھیرا تھا۔

اس کی زندگی کا چوبیسواں سال تھا جب فاطمہ شریک حیات بن کر اس کی تاریک دنیا کو روشن کرنے کے لیے اس کی زندگی کا حصہ بنی۔ وہ نیک سیرت لڑکی، صابر، وفادار اور بہترین ساتھی ثابت ہوئی۔ فاطمہ کا اس کی زندگی میں آنا ایک خوش گوار تبدیلی تھی۔ اس کے نزدیک وہ ایک قیمتی ہیرے کی طرح تھی کہ جسے کھو دینے کا وہ کبھی سوچ بھی نہیں سکتا تھا۔

وہ کئی بار فاطمہ سے اپنی بے لوث محبت کا اظہار کر چکا تھا۔ جو دوسری بڑی نعمت اسے ملی، وہ یوسف کی صورت میں تھی۔ اس کی اولاد، اس کے وجود کا حصہ، دونوں کا سب سے قیمتی سرمایہ۔۔۔ ایک طویل، صبر آزما عرصے کے بعد ملنے والی نعمت۔۔۔!

بادلوں کی گرج، بجلی کی چمک، بارش کی آمد کا مژدہ سنا رہی تھی۔ وہ بچہ اپنے جیسے دوسرے بچوں کو گلیوں میں دوڑ لگاتے، گرد اڑاتے اور کاغذ کی کشتیاں بناتے، بارش کا انتظار کرتے ہوئے دیکھ رہا تھا۔ پھر اس نے اپنا چہرہ آسمان کی طرف اٹھایا۔ بارش کا پہلا قطرہ اس کے دائیں گال کو تر کر گیا۔

"بارش آئی۔۔۔ بارش آئی۔" کا ایک شور بلند ہوا۔ بچے اب کافی پُر جوش نظر آنے لگے تھے۔ وہیں کھڑے کھڑے اس نے خود کو بارش میں بھیگ جانے دیا۔ آنکھیں موندے وہ اس احساس میں اتنا محو تھا کہ اس نے غور ہی نہیں کیا کہ کب اس کے قدموں تلے زمین کسی جھیل کی طرح پانی سے بھرنے لگی تھی۔ ایک کاغذ کی کشتی اس کے پاؤں سے ٹکرا کر پانی میں ڈوب گئی۔ بچے اسے خود میں مگن دیکھ کر اس کے گرد اکھٹے ہو چکے تھے۔ اس کے کپڑے کیچڑ سے داغ دار تھے، اناری گال مٹی ہو گئے تھے۔ ادھر بچوں کے قہقہے فضا میں بلند ہوئے تو وہ ناراض ہونے کے بجائے نادم ہوا تھا۔ چیخنے کے بہ جائے خاموش رہا تھا۔ وہاں موجود ہر بچہ یہ جانتا تھا کہ وہ کچھ نہیں بولے گا۔ وہ یوسف کو اچھی طرح جانتے تھے۔ وہ معصوم تھا، کم گو، شریف، اس کی اپنی ہی دنیا تھی۔ ایسا نہیں تھا کہ وہ ان کے ساتھ کھیلنا نہیں چاہتا تھا۔ بس ان بچوں سے وہ یہ بات کہنے کی ہمت نہیں رکھتا تھا۔ یہ فاطمہ اور حکمت علی دونوں کی خواہش تھی۔ وہ اسے ایک بڑا کامیاب آدمی بنانا چاہتے تھے۔ جو ان کے لیے فخر کا باعث بنتا۔۔۔ وہ خوبصورت تھا اتنا کہ اسے جو بھی دیکھتا، پھر اسی کے گن گانے لگتا۔ وہ بلا کا ذہین بھی تھا، ایسا کہ فاطمہ اور حکمت علی کو اپنے خواب پورے ہونے کا یقین ہو چلا تھا۔ وہ پڑھائی میں جتنا اچھا تھا، بات کرنے میں اتنا ہی نالائق۔۔۔ نہ تو وہ لاڈ پیار کا بگڑا تھا اور نہ ہی ضد کا قائل۔۔۔ یوں کہہ لیں کہ وہ بچپن ہی سے "اللہ لوک" تھا۔

یہ ننھا منا "اللہ لوک" شکایتیں کرنے کا عادی نہ تھا، لیکن ایک دن تنگ آ کر باپ کے

پاس پہلی بار شکایت لے کر گیا تھا۔ اسے اپنے ہم جماعتوں سے شکوہ تھا، وہ اسے اصل نام کے بجائے "سائیں" کہہ کر پکارتے تھے۔ یہ نام اسے بالکل پسند نہیں تھا لیکن لفظ "سائیں" کی بازگشت اتنی زیادہ پھیلی کہ لوگ "یوسف" کو بھولنے لگے تھے۔

"دیکھ پتر! ایسا کہنے سے کچھ نہیں ہوتا۔۔۔ نام تو تیرا یوسف ہی ہے نا۔۔۔ بس تو دل لگا کر پڑھا کر۔۔۔ دیکھنا کل کو جب تُو بڑا آدمی بنے گا، تو یہی لوگ تجھے "یوسف صاحب" کہیں گے۔"

"لیکن مجھے اچھا نہیں لگتا۔۔۔ وہ سب میرا مذاق اڑاتے ہیں۔" اس کی آنکھوں میں آنسو امڈ آئے تھے۔

"بہادر بچے ایسے نہیں روتے۔۔۔ رونے سے آج تک کوئی مسئلہ حل ہوا بھلا۔۔۔؟"

"تو پھر میں کیا کروں۔۔۔؟" بلا کی معصومیت اس کے چہرے پر عود آئی۔

"کچھ بھی نہیں۔۔۔ تُو بس اللہ سے دعا کیا کر کہ وہ ان کے دل میں تیرے لیے محبت ڈال دے۔" یہ ایک گُر تھا جو ایک باپ اپنے بچے کو سکھا رہا تھا۔ صبر کرنے کا، اللہ سے رجوع کرنے کا۔

"تو کیا پھر وہ مجھے ایسے نہیں کہیں گے؟"

"جب اللہ چاہے گا ان کے دل پھیر دے گا۔"

"اور اگر اللہ نے ایسا نہ کیا تو۔۔۔؟"

"جو لوگ اللہ کی مرضی مانتے ہیں۔ اللہ ان کی ضرور سنتا ہے۔ جلد یا بدیر، مگر ضرور سنتا ہے۔ بس صبر کا دامن نہیں چھوڑنا چاہیے۔ سمجھ گیا نا پُتر۔۔۔؟" حکمت علی ایسے گویا تھا جیسے اس کے سامنے سات سال کا بچہ نہیں کوئی ہم عمر ہو۔۔۔ یوسف اب خاموش ہو گیا تھا۔ ایسا خاموش کہ پھر اس نے کبھی اس بات کی شکایت ہی نہ کی۔ "سائیں" کی بازگشت

تھمی اور نہ یوسف کا صبر ٹوٹا۔

وہ اکیلی تھی، بالکل اکیلی۔۔۔اس وقت اس پر ایسی کیفیت طاری تھی کہ آدمی اپنے سائے سے بھی ڈرنے لگتا ہے۔ وہ اندھیرے میں چیزوں کو ٹٹولتی ہوئی اپنا راستہ تلاش کر رہی تھی، مگر اندھیرا تھا کہ ہر بار اسے ٹھوکر کھانے پر مجبور کر رہا تھا۔ کچھ تگ و دو کے بعد وہ اگلے کمرے میں پہنچنے میں کامیاب ہوگئی۔

وہاں روشنی کی ایک باریک سی کرن تھی جو اندھیرے سے لڑتی اپنا وجود کھو رہی تھی۔ اسے اپنی زندگی بھی اس کمرے کی طرح لگ رہی تھی، خالی، تاریک اور روشنی کی ایک کرن "امید" کا آسرا لیے ناامیدی کا مقابلہ کرتی ہوئی۔ اس کا رُخ کونے میں پڑے ایک صندوق کی طرف تھا۔ آہستگی سے چلتے ہوئے وہ اس کے سامنے بیٹھ گئی۔

کتنی ہی دیر اس کشمکش میں گزری کہ آیا وہ صندوق کھولے یا دل کے بند دریچوں کی طرح اسے بھی بند ہی رہنے دے۔ آخر ہمت کر کے اس نے اسے کھول دیا۔ کپڑوں کا انبار تھا اور اس کے نیچے کی سطح پر کاغذ کا ایک ٹکڑا۔۔۔ لرزتے ہاتھوں اس نے وہ کاغذ اٹھالیا ،لیکن اسے کھول کر پڑھنے کی ہمت اس کے اندر آج بھی نہیں تھی، بالکل اسی طرح جیسے نو سال پہلے نہیں تھی۔ وجہ تو خیر وہ آج تک نہ جان پائی تھی۔

نو سال پہلے اس نے صرف ایک سطر پڑھی اور آج بھی صرف وہی ایک سطر۔۔۔ کیسے کیسے خدشات اس کے ذہن میں ابھرے تھے۔ اسے زندگی میں سب سے زیادہ ڈر بددعا سے لگا تھا اور پہلی سطر ہی اتنی خوفناک تھی کہ وہ اُسے مزید پڑھنے کی ہمت نہ کر سکی تھی۔۔

"جب وقت تیرا ڈھل جائے گا۔"

آنسوؤں کا ریلا اس کی آنکھوں سے رواں ہوا۔ اس نے وہ کاغذ دوبارہ تہ کر کے رکھ

دیا۔ ایک سطر پڑھی تھی تو آٹھ سال بعد تباہ و برباد ہو کر آئی تھی۔ آگے پڑھتی تو نجانے کیا ہوتا۔

پنڈ سروہا کے مولوی جی کا رُخ مسجد کی طرف تھا جہاں ایک لاچار باپ اپنے دیوانے، عاشق بیٹے کو لیے ان کی راہ تک رہا تھا۔ مولوی صاحب چہرے پر مسکان سجائے پاس سے گزرنے والوں کو سلام کا جواب دے رہے تھے۔ یہ دلفریب مسکان جو چند لمحوں بعد ان کے چہرے سے زرد موسم میں سبز پتوں کی طرح غائب ہوئی تھی۔ پاؤں برف ہوئے تھے اور آنکھیں پتھر۔۔۔ ان کے سامنے ایک 'مجنوں' بیٹھا ہوا تھا۔ اٹھارہ انیس سال کا دیوانہ۔۔۔ دنیا جہاں سے بے خبر۔۔۔ زمانے بھر سے لاتعلق۔۔۔ میلے کپڑوں اور بکھرے بالوں میں وہ بے تاثر چہرہ لیے آسمان کو تکنے لگا۔

مولوی صاحب! میکانی انداز میں قدم اٹھاتے، تسبیح کے دانوں پر بندش ڈالتے اس کی طرف بڑھے۔ دونوں کی نظریں چار ہوئیں۔ عاشق کے ہلتے ہوئے ہونٹ تھمے اور اُن کے قدم۔۔۔ ماحول پر ایک سکوت چھا گیا تھا۔ پھر ایک دم خاموشی رخصت ہوئی۔

"اے بالک! پتا ہے تجھے کہ تُو کیا کر رہا ہے؟" بارعب آواز میں پوچھا گیا۔ پاگل استہزائیہ انداز میں ہنسا۔

"اُسے دیکھنے آیا ہوں۔۔۔ اُدھر آسمان پر اس کی صورت نظر آتی ہے مجھے۔۔۔ مگر زمین پر وہ دکھائی نہیں دیتی۔۔۔ ایسا کیوں ہوتا ہے؟ آپ کو تو معلوم ہو گا۔" جواب کے ساتھ ہی سوال آیا تھا۔ درد میں لپٹا ہوا، حاصل کرنے کی لاحاصل جستجو جیسا۔

"تیرا یوں گلیوں میں بیٹھنا اسے بدنام کرے گا۔"

"کیسے؟ میرا عشق تو خاموش ہے۔ سمندر جیسا۔۔۔ اس کا نام تک نہیں لیا میں نے۔۔۔"

"تُو فانی چیز کے پیچھے بھاگ رہا ہے۔ چھوڑ دے یہ تمنا۔" تنبیہ کی گئی تھی، مگر منت کے انداز میں۔۔۔ اندیشوں کے انبار میں۔۔۔"

"فانی تو میں ہوں۔۔۔ چاہت تو فانی نہیں ہے۔۔۔ وہ تو ابدی ہے۔۔۔ ہمیشہ رہے گی۔"

مولوی صاحب کی تنبیہ واقعی بے اثر رہی تھی۔

"اس سب سے کچھ حاصل نہیں ہو گا۔" اس بار انداز غصیلا تھا اور آواز کرخت۔

"تمنا بھی نہیں۔۔۔" غصے کو بھاپ کی طرح اڑاتے وہ مسکرایا۔

دو نظریات تھے اور دو ہی دماغ۔۔۔ کوئی بھی ہار ماننے کو تیار نہ تھا۔ پھر ایک دم ماحول پر گہرا سکوت چھا گیا۔

" حکمت علی! تُو چلا جا۔۔۔ پتر کو میرے پاس رہنے دے۔۔۔ میں بات کرتا ہوں ،تُو تھوڑی دیر بعد آنا۔" مولوی جی نے حکم جاری کیا تو حکمت علی ذرا سا فکر مند ہو گیا، مگر مولوی جی پر اعتماد کی بدولت اپنے روایتی انداز میں "جی جی" کہتا وہاں سے اُٹھ گیا۔

مولوی صاحب اور اس عاشق کے درمیان کچھ دیر خاموشی کا غلبہ رہا۔ انہوں نے اس کے چہرے پر آئے سر کے بالوں کو اپنی انگلیوں سے پرے ہٹا کر اس کی آنکھوں میں جھانکنے کی کوشش کی۔ وہ چند لمحے دیکھ پائے اور اس کی آنکھوں میں چھپا جذبہ جان گئے۔ آنکھوں میں خالی پن تھا، فقدان تھا، پاک، بے ریا محبت کی چمک کا فقدان، وہاں حقیقی محبت اور چاہت کی وہ چمک مولوی جی کو دکھائی نہیں دی تھی۔

"تُو جانتا ہے محبت کیا ہے؟" خاموشی ٹوٹی تھی ، لڑکے کی آنکھوں میں حیرت ابھری۔ وہ تڑپ اُٹھا۔ پہلی بار اس نے لب کھولے تھے۔

محبت بڑی خوب صورت بلا ہے

درندوں میں شفقت اسی کی عطا ہے

"کیا ہے محبت۔۔۔؟" سوال دہرایا گیا۔

"کسی کو بے پناہ چاہنا۔۔۔ اتنا کہ ہر جگہ وہی نظر آئے۔ اپنی ذات کو آدمی بھول جائے۔"

"تجھے کتنی محبت ہے اُس سے؟" ایک اور سوال اس کے سامنے تھا۔

"بہت ۔۔۔ اتنی کہ وہ نہ ملی تو مر جاؤں گا۔" اس کے لبوں پر ایک درد بھری مسکراہٹ عود آئی۔ "لیکن ۔۔۔ لیکن یہ کیسی محبت ہے، جو انسان کو زندہ بھی نہیں رہنے دیتی۔ اس سے جینے کا حق ہی چھین لیتی ہے۔" مولوی صاحب کی آواز میں جلال تھا۔

"محبوب پاس نہ ہو تو انسان زندہ کیسے رہ سکتا ہے؟ اس سے دوری کا احساس ہر پل موت کی طرف دھکیلتا ہے۔" اس نے احتجاج کیا تھا۔

"رہ سکتا ہے زندہ۔۔۔ بالکل رہ سکتا ہے، لیکن شاید تم یہ بات نہ سمجھو۔ مجھے معلوم ہے کہ تمہیں صرف دل لگی ہے، جسے تُو نادانی میں محبت کا نام دے رہا ہے۔"

"آپ غلط کہہ رہے ہیں، جھوٹ بولتے ہیں، میں اسے بے پناہ چاہتا ہوں۔ وہ نہ ملی تو میرے جینے کا کوئی جواز نہیں ہے۔" وہ ایک دم تڑپ اُٹھا تھا مولوی صاحب کی بات اس کے جسم پر تیزاب کی طرح لگی اور وہ پہلے ہی جلے دل کا مالک تھا۔

"چاہت کی انتہا موت نہیں، زندگی ہے۔ محبوب جب دل میں بس جاتا ہے، تو زندہ رکھتا ہے، مارتا نہیں۔"

"لیکن میں تو پل پل مرتا ہوں اس کے بغیر۔۔۔" اس نے کمزور آواز میں کہا۔

"یہ ابتدا ہے، اگر تُو سمجھے تو۔۔۔ محبت تو یہ ہے کہ آدمی خود کو محبوب کے رنگ میں رنگ لے۔ اس کی چھوٹی چھوٹی باتوں کا خیال رکھے۔ اسے بے لوث چاہے۔ ایسا کہ اس میں

نہ کوئی غرض ہو، نہ ریا۔ اس کی تصویر کو دل میں ایسے بسائے کہ کوئی اور تمنا دل میں باقی نہ ہو۔ اس کی چاہت تمھارے وجود کے ساتھ ایسے لپٹی رہے کہ وہ تمھیں زندہ رکھے۔ تمھارے وجود کو امر کرے۔ انسان محبوب کی عزت مقدم رکھے، تو وہ محبت ہے۔ تمھاری طرح نہیں کہ وہ اسے بدنام کرے۔" اب وہ ٹرانس کی کیفیت میں تھا۔

آخری جملے نے لڑکے کو احتجاج کرنے مجبور کیا۔

"میں نے ایسا کبھی نہیں چاہا۔۔۔ کبھی بھی نہیں، میں تو اسے ہاتھ کا چھالا بنا کر رکھتا ہوں۔ اسے بدنام کیسے کر سکتا ہوں؟"

"تُو۔۔۔ تُو پھر اپنی محبت کی تشہیر کیوں کرتا ہے؟ اسے دل میں بسا کر کیوں نہیں رکھتا کہ وہ تجھے مضبوط بنائے۔" مولوی جی اسے ٹریک پر لانا چاہ رہے تھے۔

"محبت تو انسان کو کمزور کر دیتی ہے، بے بس کر دیتی ہے۔ محبوب کی تصویر چاہے دل میں بسی ہو، مگر من یہ کرتا ہے کہ وہ ہمیشہ آنکھوں کے سامنے رہے۔ ہر وقت، ہر پل۔"

"محبت انسان کو کمزور نہیں کرتی اگر ایسا ہوتا، تو کبھی پہاڑ سے دودھ کی نہر نہ نکل پاتی۔ کچے گھڑے کے سہارے کبھی دریا نہ پار کیے جاتے۔" ان کی بات پر وہ خاموش رہا۔ موقف اب بھی وہی تھا، مگر الفاظ جیسے ختم ہو گئے تھے۔ بالآخر طویل خاموشی کے بعد وہ ایک تاویل ڈھونڈ لایا۔

"مجنوں بھی تو لیلیٰ کی خاطر گلیوں کی خاک چھانتا تھا۔ اسے تو اس کی گلی کے حقیر جانور سے بھی پیار تھا۔" وہ اپنے موقف سے پیچھے ہٹنے کو تیار نہ تھا۔

"بالکل۔۔۔ اس نے خود کو محبوب کے لیے وقف کر دیا تھا، اتنا کہ پھر اس حقیر جانور سے بھی اسے محبت ہو گئی تھی۔ وہ سچی محبت تھی جو امر ہوئی دیکھو! وہ سچی محبت کی رہتی دنیا کے لیے مثال بن گئی اور مثال وہی چیز بنتی ہے جو بے غرض اور سچے جذبوں میں گُندھی

ہو۔"

"میری محبت میں بھی کوئی غرض نہیں ہے۔ سچی اور حقیقی چاہت ہے میری۔ میں سچ بولتا ہوں۔ میرا جذبۂ عشق سچا ہے۔" وہ بے تاب تھا، مضطرب بھی۔

"تُو جھوٹ بولتا ہے۔ تیری محبت میں اگر غرض نہیں ہے، تو اس کے نہ ملنے پر مرنے کی باتیں کیوں کرتا ہے۔ یہ کیوں نہیں کہتا ہے کہ اگر وہ نہ بھی ملی تو تیرے جینے کے لیے اس کی محبت ہی کافی ہے۔" مولوی صاحب کی باتوں میں وزن تھا۔ لڑکا بے بس ہو چکا تھا۔

"مولوی جی! آپ جو کہہ رہے ہیں وہ ناممکن ہے۔ اگر وہ نہ ملی تو میری محبت تو ادھوری رہ جائے گی نا۔"

"بس یہی تو غرض ہے۔ تُو اس کے جسم کا متلاشی ہے۔ تُو نے کبھی اس کی روح کو کھوجنے کی تمنا ہی نہیں کی۔ وہ محبت کبھی امر نہیں ہوتی جو فانی چیز کی متلاشی ہو۔"

"میں سمجھا نہیں۔" کمزور لہجہ اور مریل سی آواز مولوی جی کی سماعتوں سے ٹکرائی۔

" یہ وقت دیکھ رہا ہے تُو۔۔۔؟ اذانِ مغرب ہونے کو ہے۔ دن اور رات کے ملنے کا وقت۔۔۔ یہ تھوڑی دیر کے لیے آتا ہے بس۔۔۔ پھر رات غالب آتی ہے۔ ملن کی گھڑی مختصر ہی ہوتی ہے۔ عشق مجازی بھی ایسا ہی ہے۔ ملن ہوتا ہے، تو مگر تھوڑی دیر کے لیے ۔۔۔ پھر اندھیرا غالب آجاتا ہے۔۔ تُو ایسی چیز کے پیچھے بھاگ رہا ہے جو ہاتھوں سے ریت کے مانند پھسل جاتی ہے۔ امر ہونا چاہتا ہے نا تُو۔۔۔؟" انہوں نے سوالیہ نظروں سے اس کی طرف دیکھا۔ وہ اثبات میں سر ہلانے لگا۔

"تو پھر اس محبت کو دل میں یوں بسا کہ یہ تیرے دل کو روشن کر دے۔ تجھے شاد اور آباد رکھے۔ تُو اسے سیڑھی بنا کر عشق حقیقی کی لذت بھی چکھ کر دیکھ لے۔ پھر دیکھ رب سوہنا کرم کرے گا۔"

مغرب کی اذان کا وقت ہو گیا تھا۔ گفتگو کا سلسلہ رک گیا۔ مولوی جی نہیں جانتے تھے کہ اس لڑکے پر کتنا اثر ہوا ہے، مگر ان کے بس میں صرف یہی تھا۔

یوسف نام کی مٹھاس ابھی تک برقرار تھی۔ وہ اب بھی اسی طرح خوبصورت تھا، مگر اب اسے "سائیں" نام میں پہلے سے زیادہ کشش محسوس ہوتی تھی۔ یہ نام اب واقعی زیادہ پُر اثر تھا۔ سائیں کی زندگی کا اٹھارواں برس جاری تھا۔ وہ اپنے والدین کی توقعات سے بندھا ہوا تھا۔ فاطمہ اور حکمت علی اسے ترقی کرتا دیکھنا چاہتے تھے۔ انہوں نے اپنی ساری زندگی صبر و شکر کے ساتھ گزاری تھی۔ وہ اپنے سپوت کو بدلتے وقت کے تقاضوں کے مطابق بنانا چاہتے تھے، ایسا کہ وہ دنیا اور آخرت دونوں میں ان کا نام روشن کرے، مگر ان کی ساری توقعات اس وقت مٹی میں مل گئیں جب وہ مرضِ عشق میں مبتلا ہو کر خود سے بھی بے گانہ ہو چکا تھا۔

وہ اس کی پہلی ہی نظر کا فسوں تھا، جو اس کے سر پر بھوت کی طرح غالب ہو گیا۔ یہ ان دنوں کی بات تھی، جب وہ اسکول سے فراغت پا کر گلیوں، چوراہوں، پگڈنڈیوں اور ندی کنارے بے خود ہو کر پھرا کرتا تھا۔ وہ بچپن کی معصومیت اب بھی قائم تھی۔ وہ اب بھی لوگوں سے کٹ کر رہنا پسند کرتا تھا۔ اس کی الگ سی دنیا قدرتی مناظر کے گرد گھومتی تھی۔

وہ اپنا وقت لوگوں میں بیٹھنے کے بجائے قدرت کے دل کش نظاروں کو دیکھنے میں صرف کرتا تھا۔ اسے ندی کے بہتے پانی کا شور، پرندوں کا چہچہانا، صبح سویرے پودوں پر گہرے شبنم کے قطرے بڑے دلکش لگتے تھے۔ وہ اس گاؤں میں رہتے ہوئے بھی گویا کسی پرستان میں تھا۔ پھر ایک دن اس 'پرستان' میں اسے سچ مچ کی ایک پری نظر آ گئی۔ دفعتاً بے خود ہو کر وہ اس کے پیچھے چل پڑا تھا۔ اپنے گھر سے کئی میل دور اب وہ اس پری کے دربار

کے باہر آن پہنچا تھا، گویا اسی شہزادی کے دربار میں فریادی بن کر کھڑا وہ پہلی نظر کے عشق میں مبتلا ہو چکا تھا۔

وہ اپنے کھیل میں محو تھی، اس بات سے بے خبر کہ کوئی اک نظر دیکھنے کے بعد اس کے پیچھے ہی چلا آیا ہے۔ اپنے خوب صورت بال پھیلائے اپنی سہیلیوں کے ساتھ کھیل رہی تھی، پھر پلک جھپکنے میں ہی وہ اس کی نظروں سے اوجھل ہو گئی۔ وہ اکیلی نہیں گئی تھی، وہ یوسف کا پرستان بھی پانی کے بلبلے کی طرح مٹا کر چلی گئی تھی، مگر وہ پہلی نظر کی محبت گزرتے دن کے ساتھ اس پر حاوی ہونے لگی تھی، ایسی کہ وہ ہر روز گھر سے بھاگ کر اس جگہ پہنچتا جہاں وہ اسے نظر آئی تھی۔ اسے اپنا ہوش رہا تھا نہ گھر والوں کا، وہ کچی عمر کی محبت تھی جو رفتہ رفتہ پروان چڑھ رہی تھی۔

وہ اپنی خاموش طبیعت کی وجہ سے سائیں مشہور ہوا تھا اور اب سچ مچ کا سائیں نظر آنے لگا تھا۔ وہ صاف ستھرے کپڑوں میں نظر آنے والا اب میلے پہناوے ملبوس کیے سڑکوں کی خاک چھانتا نظر آتا تھا۔ بکھرے بال کسی گھونسلے کی طرح سر پر سجائے وہ گلیوں گلیوں بھٹکتا خود کلامی کرتا پھرتا تھا۔ اپنی انگلیوں کی پوروں سے فضا میں شکلیں بناتا کبھی ایک جگہ ٹھہر جاتا یا پھر کہیں کھڑا ہی رہتا۔ کبھی دیوانہ وار بھاگنے لگتا۔ وہ دلِ مضطر لیے مرضِ عشق میں مبتلا ہو کر دیوانہ سا ہو گیا تھا۔ وہ محبوب کے دیدار کا طالب، بالکل مجنون کی مانند۔۔ گاؤں والوں کو لگتا تھا اس پر کسی جن بھوت کا سایہ ہے۔ اسے بھی یہی لگتا تھا بس وہ اسے بھوت نہیں پری پکارتا تھا۔

فاطمہ اور حکمت علی اس سے پوچھ پوچھ کر تھک جاتے، مگر وہ منہ سے ایک لفظ نہ نکالتا ،بوڑھے والدین اس کی حالت دیکھ کر بس آنسو بہاتے رہتے۔ وہ ان کی اکلوتی اولاد تھی، دل و جان سے پیاری۔۔۔ وہ اس کے لیے کچھ بھی کر سکتے تھے، مگر یوسف کو اب شاید خود بھی

نہیں معلوم تھا کہ اسے کیا چاہیے تھا۔ پھر ایک دن انہونی ہوگئی، اس کی پری اسے دوبارہ نظر آگئی اور اسے لگا اس کی زندگی ریگستان سے نخلستان بن گئی ہے۔ یہ سب کچھ پہلی نظر کی محبت کے عین چھے ماہ بعد ہوا تھا۔

اپنی پری کو دوبارہ دیکھتے اسے احساس ہوا کہ وہ اس پری کو صرف دیکھنے کا طالب ہی نہیں، بلکہ اسے ہمیشہ کے لیے پانے کا آرزومند بھی ہے۔ وہ واقعی اپنا دل ہار بیٹھا تھا۔ وہ پہلی نظر کی محبت دوسری نظر میں مزید زور پکڑ گئی تھی۔ دل میں چاہت کا ایک ایسا جہان آباد ہوا کہ وہ خود کو روک نہیں پایا۔ دھیرج سے وہ والدین کو ساری بات بتا چکا تھا۔ حکمت علی نے جہاں تاسف سے سر ہلایا تھا، وہیں فاطمہ خوشی سے نڈھال ہوگئی تھی۔ وہ اپنے بیٹے کی خوشی کے لیے سب کچھ کرنے کو تیار تھی۔

اماں فاطمہ جس دن اس پری کے گھر گئیں، اسے وہ لمحات، وہ دن زندگی کا حسین ترین دن محسوس ہو رہا تھا۔ خوشیوں بھرا۔۔۔ بچوں کی ضد پوری ہونے پر انہیں ملنے والی خوشی اس کے چہرے سے عیاں تھی۔ اس دن چھے ماہ بعد اسے اپنا کھویا ہوا پرستان پھر سے مل گیا تھا جس میں وہ اپنی اس پری کے سنگ تھا۔ وہ اس خواب کی تکمیل چاہتا تھا۔ لیکن یہ خوشی بہت جلد پھر سے آرزو میں بدل گئی۔ وہ پری جسے سب زلیخا کے نام سے جانتے تھے کسی اور کی امانت تھی۔ وہ یوسف کی زلیخا نہیں تھی۔ اسے کسی اور کے نام منسوب کیا جا چکا تھا۔ یہ خبر یوسف کے لیے صور پھونکے جانے سے زیادہ ہولناک تھی۔

وہ کسی طور پر اس بات کو تسلیم کرنے کے لیے تیار نہ تھا۔ کچھ دن کی خوشی پھر سے دیوانگی میں بدلنے لگی۔ وہ سنہرے بالوں والا یوسف پھر سے خاک ہونے لگا تھا۔ اسے عشق نے دیوانہ کیا تھا۔ فاطمہ اور حکمت علی کو بیٹے کی اس حالت نے مجبور کیا، تو ایک بار وہ پھر سے اس دربار کی چوکھٹ پر فریادی بنے اپنے بیٹے کی محبت مانگ رہے تھے۔ وہ بیٹا، جوان کی کل

کائنات تھا۔ جو اب زلیخا کے لیے ان کو بھی بھلا بیٹھا تھا۔

فاطمہ دوسری بار بھی خالی ہاتھ لوٹی تھی۔ وہ لوگ زلیخا کا رشتہ یوسف کے ساتھ کرنے پر بالکل بھی رضا مند نہ تھے۔ ان کے نزدیک یہ عزت کا سوال تھا۔ فاطمہ کے لیے یہ یوسف کی زندگی کا سوال تھا۔ مگر سائل تو سائل ہوتا ہے۔ بے اختیار ہوتا ہے، مگر حیرت کہ یوسف بھی سائل تھا لیکن اپنی من پسند شے سے کم پر راضی نہیں تھا۔ وہ بچپن میں باپ کا دیا درس کہ "جو مانگو خدا سے مانگو۔۔۔ مل جائے تو صد شکر نہ ملے تو صرف صبر۔" بھی بھول بیٹھا تھا۔ اس کی حالت کو دیکھتے ایک دن اس کا باپ حکمت علی بھی اس کے سامنے ہاتھ جوڑ بیٹھا تھا۔

"دیکھ پُتر۔۔۔ تیرے آگے ہاتھ جوڑتا ہوں تُو کیوں ہمیں تکلیف دے رہا ہے۔ بس چھوڑ دے یہ ضد۔۔۔ خدا پر بھروسا کر۔۔۔ وہ بہتر صلہ دے گا۔" اس کے سامنے ہاتھ جوڑ کر تب اس نے غور سے ان کا چہرہ دیکھا اور بھونچکا کر رہ گیا۔ اس کا باپ یوں تو نہ تھا۔ چند ماہ پہلے تک تو ایسا بالکل نہ تھا۔ وہ بچپن کا بھولا سبق باپ کے آنسوؤں نے یاد دلا دیا تھا۔ زلیخا کے نہ ملنے کو خدا کی حکمت سمجھ کر چُپ ہو جانا بھی ممکن نہ تھا۔ پہلی بار وہ دو محبتوں کے درمیان پھنسا تھا۔

آخر وہ ایک فیصلے پر پہنچ گیا پھر اس فیصلے کے بعد وہ بالکل خاموش ہو گیا تھا۔ نہ جانے کب اور کیسے غزل کا ایک مصرع اسے ذہن نشیں ہو گیا۔

"جب وقتِ تیر اڈھل جائے گا۔"

پھر ایک روز اس نے وہ غزل اور اپنا حالِ دل لکھ کر اپنی ماں کے ہاتھ زلیخا کے پاس بھیجا۔ خود بھی وہ غزل کا پہلا مصرع بار بار دہراتا رہتا۔ وہ یوسف عرب کے قیس کی طرح اپنی زلیخا کے عشق میں مجنوں بنا ہوا تھا۔ پھر ایک دن وہ گھر سے نکلا۔ شاید کبھی واپس نہ آنے

کے لیے۔۔۔ اس کے بوڑھے والدین اس کی راہ تکتے رہے، مگر دن ہفتوں اور ہفتے مہینوں میں تبدیل ہوتے رہے۔ یوسف کی ماں اور اس کا باپ اپنے بیٹے کی جدائی میں آنسو بہا بہا کر آنکھیں خشک کر چکے تھے۔ شاید وہ کہیں گم گشتہ منزلوں کا راہی بن گیا تھا۔ گاؤں والے بھی اُس کی گم شدگی پر حیران اور پریشان تھے۔

تاریک کمرے میں اس صندوق کے سامنے بیٹھے وہ لڑکی نو سال بعد بھی صرف ایک سطر ہی پڑھ پائی تھی۔

"جب جوبن تیرا ڈھل جائے گا۔"

اس سے آگے پڑھنے کی آج بھی اس میں ہمت نہ تھی۔ کاغذ کو دوبارہ صندوق میں رکھ کر وہ وہیں بیٹھی رہی۔ آنسوؤں سے لبریز چہرے کے ساتھ، اُجڑا ہوا دل لیے جب اس نے گزری ہوئی زندگی پر نظر دوڑائی تو صرف خسارہ ہی نظر آیا۔ وہ ایک چھوٹے سے گاؤں میں رہنے والی خوش باش، بیپروا، بھولی بھالی لڑکی تھی۔ سہیلیوں کے جھرمٹ میں رہنے والی ،شرارتیں کرنے والی۔۔۔!

وہ سولہ برس کی تھی جب اپنے ماں باپ کے گھر سے بیاہ کر اپنے شوہر کے گھر آگئی تھی۔ وہ خوش تھی جیسے عام لڑکیاں ہوتی ہیں۔ آنکھوں میں بے پناہ سپنے لیے، ایک خوشگوار زندگی کی امید لیے۔۔۔ یہ اس کی شادی سے چند ماہ پہلے کا قصہ ہے جب اس نے "یوسف" نام کی گردان سنی تھی۔ اس کی ماں کو اپنے گھر میں کھڑے اس کا رشتہ مانگتے دیکھا تھا۔

یہ زلیخا ہے جو یوسف سے بالکل انجان تھی۔ اس کی حالت سے ناواقف، اس کی محبت سے بے خبر، اس کے لیے پہلے بھی کئی رشتے آچکے تھے۔ یوسف کا رشتہ بھی ان میں ویسا ہی تھا اور اس کے لیے انکار بھی۔ پہلی بار جس چیز نے اسے متوجہ کیا وہ یوسف کی ماں کے آنسو تھے۔ وہ خوف میں مبتلا ہوگئی تھی، اس کی شادی سے چند دن قبل وہ دوبارہ آئی تھیں۔ ہاتھ

میں کاغذ کا ٹکڑا دبوچے، وہ زلیخا کے پاس آ گئی تھی، پھر اس کا ماتھا چومنے اور گلے سے لگانے کے بعد اسے کاغذ کا وہ ٹکڑا تھما گئی تھی۔ اس وقت زلیخا کچھ سمجھنے سے قاصر تھی۔ وہ اس کاغذ کی پہلی سطر سے آگے کبھی نہیں پڑھ سکی تھی، اس ڈر سے کہ کہیں یہ بد دعا ہی نہ ہو اور آج نو سال بعد جب وہ اس کاغذ کو دوبارہ دیکھ رہی تھی تو اُسے یقین ہو گیا کہ واقعی یہ کوئی بد دعا ہی تھی، جو اس کی زندگی برباد کر گئی۔ وہ طلاق یافتہ بن کر واپس اپنے ماں باپ کے گھر آ چکی تھی۔

اسے یوسف میں کبھی دلچسپی نہیں رہی تھی۔ ہو بھی کیسے سکتی تھی جس شخص کو اس نے کبھی دیکھا نہیں تھا، وہ اس کے لیے دلچسپی کا سامان کیسے ہو سکتا تھا؟ یوسف کا نام یا اس کا حوالہ اسے کبھی یاد بھی آیا تھا تو صرف اس ایک سطر کی وجہ سے۔۔۔ اسے اس سطر سے وحشت سی ہوتی تھی۔ کچھ اور یاد رہا، تو وہ شوہر کا دیا جانے والا دکھ تھا۔

شادی کے اتنے سال بعد بھی اس کے ہاں اولاد نہیں ہوئی اور اسی بات پر اس کا شوہر دوسری عورت گھر لے آیا تھا۔ زلیخا شاید اس بات پر صبر کر لیتی، مگر اس دوسری عورت کو اس کا وجود بھی اس گھر میں برداشت نہ تھا اور اس کا شوہر دوسری بیوی کی محبت میں اتنا اندھا ہوا کہ اس نے آنسو دیکھے نہ التجا سنی، بس اُسے طلاق دے کر گھر سے رخصت کر دیا۔

اب جب وہ اس تاریک کمرے میں بیٹھی تھی، تو اسے اپنی زندگی بھی اتنی ہی تاریک لگ رہی تھی اب برے اور ڈراؤنے خوابوں کے علاوہ اس کی زندگی میں بچا ہی کیا تھا۔ وہ اپنی قسمت پر آنسو بہا بہا کر خود کو ہلکان کرتی رہتی تھی۔ نیند میں خواب اور جاگتے میں خیالات اسے کوئی پل چین سے نہ بیٹھنے دیتے تھے۔ یہ اس کی زندگی کا چھبیسواں برس تھا۔

وقت اپنی رفتار سے گزرتا رہا۔ ایک زمانہ بیت گیا۔ ڈھلان گاؤں کا باسی یوسف عرف سائیں اب گاؤں میں موذن اور "نکے امام" کے مراحل طے کرتا ہوا "مولوی جی" کی مسند

پر فائز ہو چکا تھا۔ پنڈ سروہا کی وہی کچی مسجد، ویسے ہی صبح شام۔۔۔ وہی مناظر، بس کردار بدل گئے تھے۔

وہ جو عشق میں مٹی ہوا تھا، اب چہرے پر نور اور ڈاڑھی کی رونق سجائے ہوا تھا۔ فاطمہ کو گزرے عرصہ بیت چکا تھا اور حکمت علی بس بستر کے ہو کر رہ گئے تھے۔

زلیخا کی شادی کے ایک سال بعد وہ گھر سے غائب رہا۔ بالکل منظر سے غائب۔۔۔ وہ عرصہ اُس نے قریبی علاقے کے ایک گورکن کے ساتھ قبرستان میں گزارا تھا۔ بشیر جان ایک عمر رسیدہ پٹھان تھا، جو قبرستان کی نگرانی پر معمور تھا۔ اس نے یوسف کو ہوش سے بے گانہ دیکھ کر اپنے ساتھ رکھ لیا تھا۔

وہ عرصہ اس پر زندگی کی حقیقت واضح کرنے کے لیے کافی تھا۔ وہ مہینے میں کئی جنازے دیکھتا۔ خوبصورت حسین لوگوں کے۔۔۔ خوش وخرم، لاابالی زندگی گزارنے والے، جن کو موت نے اپنی لپیٹ میں لے لیا تھا۔ وہ ان کو خاک میں اترتے دیکھتا تو خود میں رہ جانے والے غرور، انا، نافرمانی کو بھی دفن کر دیتا۔ اس نے کئی معصوم بچوں کے جنازے بھی دیکھے تھے۔ وہ ہر بار تدفین کے بعد قبر کنارے بیٹھ کر اپنا جائزہ لیتا، تو خود کو عطا کی جانے والی نعمتوں پر صد شکر ادا کرتا۔

بشیر جان اچھا انسان تھا۔ طبیعت کا تھوڑا سخت تھا، مگر اسے اس کی سخت طبیعت نے ہی یوسف کو نارمل کیا تھا۔ اس عرصے نے اس کی زندگی کو مکمل طور پر بدل دیا تھا۔ زندگی کا یہ ایک دوسرا رخ تھا جو وہ دیکھ رہا ہے جس کے بارے میں آج سے پہلے اس نے سوچا بھی نہیں تھا۔ اس پر زندگی کی حقیقتیں آشکارا ہو رہی تھیں۔ بہت سی بند گرہیں کھل گئی تھیں۔ بہت سی اُلجھنیں دم توڑ گئی تھیں۔

ایسا نہیں کہ اب اسے زلیخا سے محبت نہ رہی تھی۔ وہ اب بھی پہلے جیسی تھی۔ ایک

روشن دیے کی مانند گھپ اندھیرے میں راہ دکھانے والی۔۔۔ہاں یہ ہوا تھا کہ اب وہ محبت اسے بے چین نہیں کرتی تھی۔ زندگی کا جو رخ وہ اب دیکھ رہا تھا اس نے اسے حقیقی رب سے محبت کرنا سکھایا تھا۔ وہ جس نے زندگی اور یہ سانسیں عطا کی تھیں۔ وہ جس کی محبت سب محبتوں سے اوپر ہے۔ اس میں زیادہ ہاتھ بشیر جان کا بھی تھا۔ وہ روشن دل کے ساتھ واپس آیا تھا۔ دین دار ہو کر۔۔۔ اللہ سے لَو لگا کر۔۔۔!!

زندگی کے تیسویں برس مولوی یوسف پر ایک اور امتحان آیا۔ وہ شادی نہیں کرنا چاہتے تھے، بالکل ایسے جس طرح کبھی وہ زلیخا کو کھونا نہیں چاہتے تھے، مگر یہ حکمت علی کی ضد تھی۔ فاطمہ کو فوت ہوئے چار برس بیت گئے تھے۔ وہ کئی بار یوسف سے اس کی شادی کا ذکر کرتی مگر ہر بار یہ بات ٹال دی جاتی۔ حکمت علی کی چند برس کی ضد اور جدوجہد کے بعد بالآخر وہ شادی کیے لیے رضامند ہو گئے۔

عین نکاح کے لمحات میں انہوں نے دل میں پختہ ارادہ کیا کہ وہ اپنے ماضی کو بھول جائیں گے جہاں کبھی زلیخا بستی تھی ،اب اس دل میں نئی آنے والی مہمان کو جگہ دیں گے۔ زلیخا کی ہر یاد کو بھلا کر زندگی اس کے نام کریں گے جو اپنا سب کچھ چھوڑ کر ان کی زندگی میں آ رہی ہے۔ یہ مشکل کام تھا، مگر نیت اوّلین شرط ہے اور وہ شرط پوری کر چکے تھے۔

وہ ایک طلاق یافتہ سے شادی کر رہے تھے اور یہ ان کی شادی کیے لیے رضامندی کی شرط بھی تھی۔ مگر نکاح نامے پر دستخط کرتے وقت انہیں لگا وہ کبھی بھی زلیخا کو، اُس پری کو نہیں بھول پائیں گے۔ وہ ان کی زندگی میں ان دونوں کے درمیان ہمیشہ رہے گی، کیوں کہ نکاح نامے پر ان کی نئی آنے والی زوجہ کا نام بھی "زلیخا" ہی لکھا ہوا تھا۔ وہ جان گئے اس نام کی بدولت اب وہ کبھی بھی پرانی یادوں سے پیچھا نہ چھڑا سکیں گے۔ نکاح کے بعد بیوی کو

پہلی بار دیکھنے کے بعد وہ غش کھا کر نہیں گرے اس کے علاوہ اور کوئی کسر باقی نہیں رہی تھی۔ حیرت ہی حیرت تھی۔ انہیں اپنا گھر ایک حیرت کدہ لگا تھا، بے یقینی کے عالم میں وہ کبھی خود کو اور کبھی دلہن کو تکتے جا رہے تھے۔ مجنوں یوسف اپنی اسی زلیخا کے سامنے کھڑا تھا اور وہی پری زاد دلربا زلیخا اب یوسف کے روبرو تھی۔

انہوں نے نکاح نامے پر دستخط کرتے ہوئے "زلیخا" کو اپنی شریک حیات کے طور پر قبول کیا تھا، یہ جانے بغیر کہ یہ وہی زلیخا ہے جس کے پیچھے وہ قیس ہوئے تھے۔ پرستان پھر سے لوٹ آیا تھا۔ زندگی کے وہی رنگ، وہی جوبن ایک بار پھر اس کے سامنے تھے۔

زلیخا کو اس بات کی خبر ہوئی تھی کہ یہ وہی یوسف ہے جس کی ماں بیٹے کی محبت مانگنے ان کے در پہ آیا کرتی تھی، وہ دَنگ رہ گئی۔ کبھی خیال بھی نہیں گزرا تھا کہ کئی سال بعد وہ اسی مجنوں یوسف کی منکوحہ ہو گی۔ طلاق پھر یوسف سے نکاح۔۔۔ خدا کی حکمت کو بھلا کو ن سمجھے۔

پہلی شادی سے قبل یوسف کی ماں اسے ایک کاغذ دے گئی تھی۔ تب صرف اس نے پہلی سطر ہی پڑھی تھی۔ اسے زندگی میں سب سے زیادہ ڈر بددعا سے لگا اور اسی ڈر کی وجہ سے وہ کبھی آگے نہ پڑھ پائی کہ کوئی بددعا نہ ہو۔ کوئی ایسی بات جو ان کے اگلی آنے والی زندگی پر اثر انداز نہ ہو۔

یہ مہ جبین کی پیدائش کے بعد جب پہلی بار زلیخا نے وہ کاغذ نکال کر پڑھا تھا۔ پہلی سطر "جب وقت تیرا ڈھل جائے گا" کے بعد دوسری سطر پھر تیسری۔۔۔ وہ ایک ایک کر کے بے ربط سے انداز میں پڑھے جاتی اور یوسف کی محبت اس کے رگ و پے میں سرایت کرتی جاتی تھی، آنسو تھے کہ تھمنے کا نام ہی نہیں لے رہے تھے۔

تب یہ بات اس کی سمجھ میں آئی کہ ایسی کون سی چیز تھی جس نے اتنے سال بعد

اسے ایک شوہر سے چھین کر یوسف کی زندگی میں شامل کیا تھا، جو وجہ اس کے سامنے تھی وہ صرف یوسف کی "سچی محبت" تھی۔ یوسف ہی نہیں، زلیخا کو بھی سچی محبت کی حقیقت کا راز اب معلوم ہوا تھا۔ زلیخا کو بھی مولوی یوسف کی سنگت راس آگئی تھی۔ ایسی محبت کہ جس سے آنکھوں میں ایک خاص چمک پیدا ہوتی ہے۔ اور وہ چمک زندگی کی ہر چیز کو خیرہ کر دیتی ہے۔

***

۸

چاند مہکتا ہے

غزالہ رشید

اسلام آباد کے خوب صورت ائیر پورٹ پر ایک سال بعد بھی ویسی ہی رونق تھی۔ کچھ بھی تو نہ بدلا تھا، ہاں البتہ فریال اب پہلے جیسی نہ رہی تھی، نا صرف حلیے سے بلکہ مزاج سے بھی وہ اب پہلے سے کہیں زیادہ میچور ہو گئی تھی۔ ہونا تو یہی چاہیے تھا کہ وہ دھاڑیں مار مار کے رونا شروع کر دیتی۔ دل میں درد کی لہر اٹھی تو تھی لیکن اس نے اپنی سائیکاٹرسٹ دوست ڈاکٹر سبین مرتضیٰ کی بتائی ہوئی ترکیب پہ عمل کرتے ہوئے چند گہری سانسیں لینا شروع کیں اور پھر سے اس خوبصورت ماحول میں جینے کے لیے، خود کو تیار کیا۔

وہ اتنی کم زور تو کبھی نہ تھی کہ اسے یہ وقت کاٹنا اتنا مشکل لگتا۔ امی ابو کی اچانک موت نے اسے زندگی کے رموز و اسرار تو سکھا ہی دیے تھے، لیکن شاید ابھی اس کا کندن بننے کا عمل جاری تھا۔ "وہ کھلنڈری فری" اب پھر سے فریال سعد احمد تھی۔

سفر پھر سے شروع تھا، اس وقت کو بھول جانے کے لیے ملازمت بے حد ضروری تھی۔ خود شناسی بھی تو بہت ہی لازم ہے ناں، کب تک شاگردی کرتی؟ استاد بھی تو بننا تھا۔ آنے والوں کے لیے مشعل راہ، زندگی شمع کی صورت تب ہی تو بنتی ہے جب شعلہ بنے اور روشنی پھیلائے۔

شومئی قسمت! نوکری ملی بھی تو ملگجی شام کی یاد لیے، غروب آفتاب کی طرح، اس سرسبز شہر میں جہاں اس کی زندگی میں خزاں نے ڈیرے ڈالے ہوئے تھے۔

کل رات جب اس نے اپنی مسیحا دوست کو الوداع کہتے ہوئے خوش بو کا تحفہ دیتے ہوئے کہا تھا:

"دعا کرنا"

سبین کہ اب دوبارہ تم سے ملوں تو تمہاری دوست پھر سے زندہ ہو۔ زندہ لوگوں کی طرح سانس لینے کا ہنر سیکھ چکی ہو، اس کا اعتبار، اس کا اعتماد پھر سے بحال ہو چکا ہو"

وہ دوست تھی ناں، اس کے دونوں ہاتھ مضبوطی سے تھامتے ہوئے کہا:

"تم ہمیشہ بہادر تھیں، کالج میں بھی اور یونیورسٹی میں بھی، جب میں تم سے پہلی بار ملی تھی یاد ہے ناں، صومی کے گھر پہ، اور فیلڈ الگ ہونے کے باوجود میری تم سے دوستی کی وجہ تمہاری چاند جیسی صورت ہی نہیں، خوب صورت دل بھی تھا، اور تم نے مجھے کہا تھا کہ تمہارے ابو نہیں ہیں، تو کیا ہوا؟ میرے ابو کو اپنا (بابا سائیں سمجھ لو ناں، اور پھر تم نے یہ سچ کر دکھایا۔ ابھی بھی حسن جاوید کی بے وفائی نے تم کو افسردہ ضرور کر دیا ہے، لیکن تنہا نہیں کیا۔ تمہاری خالہ نے تم کو ڈھونڈ ہی لیا ناں، والدین کی جدائی کو تم نے سہا، اس بے درد کی بے وفائی کو سارے شہر سے چھپایا۔ اب بھی اس کی شادی کی خبر کو تم نے سہا۔ ویسے بھی اس سے رشتہ ہی ٹوٹا ہے ناں، یقین کرو رب سائیں کسی کو بھی تنہا نہیں چھوڑتا، میری بھی شادی ابھی تک نہ ہونے کی وجہ شاید یہ ہی تھی کہ تم نے میرے پاس آنا تھا۔ ویسے بھی رشتے تو سارے وقتی ہوتے ہیں، سائے کی طرح گھٹتے بڑھتے رہتے ہیں، خاص طور پہ آزمائش کے وقت میں۔ رشتوں کو سمجھنا ہے تو موسموں کو دیکھو، کبھی گرم کبھی سرد۔۔۔ ویسے میں تمہاری خالہ جان سے ملنے ضرور آؤں گی، ان کو تو دعوتیں کرنے کا شوق ہے ناں، اور مجھے

دعوت کھانے کا" وہ ہنس دی۔

"پلیز پلیز ضرور آنا۔۔۔ میرا بھی دل چاہے گا کہ اسلام آباد کی سڑکوں پہ تمہارے ساتھ قدرت کے کرشمے دیکھوں۔ بہت عرصے سے ٹھنڈے کمروں، اور ڈنرز نے مجھ سے موسموں کا حسن، ان کو انجوائے کرنے کی صلاحیت چھین لی تھی۔ میں بھی جی لوں گی ان دنوں "فری پھر اداس ہونے لگی۔

"اب تم اس انداز کو سوچو بھی ناں، یہ جاب تمہاری مرضی کی ہے، تم یقیناً اسے انجوائے کروگی یار!اس نے الوداع ہوتے ہوئے بہت پیار سے اسے کہا تھا۔"

"مولا! تو ہی کامیابی اور کامرانی عطا کرنے والا ہے۔" اس نے گاڑی کی سیٹ سے ٹیک لگاتے ہوئے پھر سے خود کو اسلام آباد کی خوب صورت اور طویل شاہراہوں کی طرف متوجہ کرتے ہوئے دعا کی۔

"شکر ہے آنیا جی نے اپنے ڈرائیور خان جی کو بھیج دیا۔" اس نے تیزی سے گزرتی اس پاک سرزمین کی شادابی کو دیکھتے ہوئے قدرت کی صناعی کو سراہا، اور پھر امانت علی خان کی آواز بھی اس کے کانوں میں گونجنے لگی۔

"ابو کو بھی یہ قومی نغمہ اور یہ آواز کتنی پسند تھی۔"

"اے وطن پاک وطن۔۔۔ پاک وطن

اے میرے پیارے وطن"

وہ اکثر سنتے اور اسے بھی خاص طور پہ سناتے۔

"اف! یہ ماضی، خواب کیوں نہیں بن جاتا؟ ہمارے اندر ہر لمحہ سانس کیوں لینے لگتا ہے؟" اس نے آنکھیں بند کرتے ہوئے سوچا۔

گاڑی اب F-۶/۴ سے گزر رہی تھی جہاں اس نے حسن جاوید کے ساتھ زندگی کے

صرف دو سال ہی تو گزارے تھے، جو شاید اس کی زندگی پر نہ چاہتے ہوئے بھی حاوی ہو گئے تھے۔ اور شاید روگ بھی بنتے جا رہے تھے۔ اس روڈ کی ایک شام کا ایک ایک لمحہ اسے یاد آنے لگا تھا۔

وہ تو اس کے رنگ میں رنگ گئی تھی، اسے تو صرف اب یہ یاد تھا کہ اسے ابو کی وجہ سے فیض احمد فیض بہت پسند تھے اور حسن جاوید کو بھی، لیکن اس نے ٹینا ثانی کے بعد پہلی بار مونا احمد کو فیض کو گاتے سنا تو وہ مبہوت ہو کے رہ گئی تھی۔ اس نے جانا ہی نہیں کہ یہ کیفیت اس پہ گزری لیکن واردات کہیں اور بھی ہو گئی تھی۔ واپسی میں بھی اس نے ڈھونڈ کے، موبائل پہ پھر سے سرچ کر کے مونا احمد کو لگایا۔ وہ دونوں سارے راستے پھر اسی کو سنتے رہے، اس کی آواز اور فیض کا کلام روح کو ایسے آسودہ کر رہا تھا کہ گھر آ کے اس رات دونوں نے ایک دوسرے سے بات بھی نہ کی، ایسی سرشاری رہی۔۔۔

ستم سکھلائے گا رسمِ وفا ایسے نہیں ہوتا
صنم دکھلائیں گے راہِ خدا ایسے نہیں ہوتا
جہاں دل میں کام آتی ہیں تدبیریں نہ تعزیریں
یہاں پیمانِ تسلیم و رضا ایسے نہیں ہوتا
ہر اک شب ہر گھڑی گزرے قیامت یوں تو ہوتا ہے
مگر ہر صبح ہو روزِ جزا ایسے نہیں ہوتا

مونا کی آواز کب فری کے دل میں اتری اور کب وہ ماہ نور، حسن جاوید کے دل میں براجمان ہوئی، وہ جان ہی نہ سکی۔ اس کو تو آئینہ ہر بار یہ ہی پیغام دیتا کہ تم پری ہو، اور اس کے دل پہ حکومت کرنے ہی تو اس دنیا میں آئی ہو۔ کیوں کہ حسن جاوید نے ہی تو اس سے کہا تھا: تمہارا M۔B۔A کا آخری سمسٹر، جو ہماری شادی کی وجہ سے رہ گیا ہے اسے مکمل

کرلو، پھر ہم اپنا بزنس جلد ہی شروع کریں گے۔"

وہ ماضی کا سفر کرتے ہوئے "سعد ولا" کے آہنی گیٹ کے سامنے تھی۔ آنیا جی جو اس کی سگی خالہ تھیں اور اس کی اس حرکت پہ شدید ناراض بھی تھیں کہ اس نے اپنی عدت کا وقت ان کے ساتھ نہیں بلکہ اپنی دوست کے گھر گزارا۔ وہ اپنے بینک بیلنس پہ عیش کرنے والے حسن کو اب کوئی بھی رعایت دینے کو تیار نہ تھی۔

ڈاکٹر نے اس کے اسلام آباد آنے سے پہلے انہیں بھی اس کی ذہنی کیفیت بتا کر راضی کر لیا تھا۔

"وہ تمہارا گھر ہے، تم سکون محسوس کرو گی، ان کی گود میں سر رکھ کے تمہاری تنہائی کم ہو گی، وہ خود بھی تو زیادہ تر اکیلی ہی رہتی ہیں۔" اس کے کانوں میں اپنی دوست کے الفاظ گونجے۔

مسز تنویر احمد اس کی سگی خالہ جو بے حد خوب صورت اور پریکٹیکل خاتون تھیں۔ وہ نہیں جانتی تھیں کہ حسن جاوید مہارت سے جھوٹ بولنے کا عادی ہے۔ اس کے لیے رشتوں میں جڑے رہنے کی اہمیت ہی نہیں کیوں کہ وہ خود ایک broken family کا بچہ تھا، اب بھلا اس عمر میں وہ اپنے ساتھ ساتھ آنیا جی کو بھی ان خبروں میں کیوں لاتی، وہ جان چکی تھی کہ اب واپسی کے سارے راستے بند تھے۔

وہ ایک سال تک ان سے دور رہی اور اس کی ہمت ہی نہیں ہوئی تھی کہ وہ ان سے سب حالات شیئر کرتی۔ معصومیت کی ہی بنا پہ تو، زندگی اس کے ساتھ یہ کھیل اتنی بے دردی سے کھیل گئی تھی۔ وہ ان کو کیا بتاتی کہ وہ جس حسن جاوید کو جانتی تھیں، اس کو ڈیڈی کی جائیداد نے کچھ اور ہی رنگوں میں رنگ دیا تھا۔ ایسے رنگ جس نے اسے تمام اخلاق اور اقدار سے عاری کر دیا تھا۔ بے وفائی اس کی فطرت میں ہی ہو گی ورنہ ایسے ہی تو نہیں کوئی

لمحوں میں فیصلہ کرتا۔ اولاد کی کمی نے تو اسے احساس تنہائی دیا ہی تھا، لیکن جس درد نے اس کے وجود کو ریزہ ریزہ کر دیا تھا۔ اُسے سمیٹنا بھی تو تھا۔ خود کو جوڑنا بھی تو تھا۔ توڑنے والے کو بھلا کب یہ احساس تھا کہ کچھ رشتے کانچ سے بھی زیادہ نازک ہوتے ہیں۔

گاڑی گیٹ کے اندر داخل ہوئی آج پہلی مرتبہ وہ خود اسے ریسیو کرنے گیٹ تک آئیں۔ اسے بے اختیار وہ شام بھی یاد آگئی جب اس نے ڈنر سے واپسی پر اپنی عادت کے مطابق کچھ تحریر کیا، اسے کیا خبر تھی کہ وہ رات ان دونوں کے درمیان جدائی کا لمحہ بھی ساتھ لائی تھی، دسمبر کی شام۔ اس روز بہت دھند تھی۔

"تم دونوں اس گھر میں کبھی بھی اور کسی بھی وقت آسکتے ہو۔ آپی اب اس دنیا میں نہیں ہیں تو کیا ہوا میرا گھر تمہارے لیے میکہ ہی ہے۔ میں تو ویسے بھی دوستوں کی محفلیں سجاتی رہتی ہوں۔ ماں جیسی شفقت تو شاید نہ دے سکوں، لیکن میرا دل ہر وقت تمہارا منتظر رہے گا۔ یہ بات ہمیشہ یاد رکھنا۔" ان کی آواز میں نمی تھی۔

ہوائے شام نے درد کی لہر سے ان کو بھی شاید خبر دے دی تھی، تب ہی تو اس کا سیل فون کافی دیر تک بجتا رہا۔ وہ اسے ہاتھ میں لیے بیٹھی ان کا نمبر دیکھتی رہی لیکن اس کے اندر تو اس وقت سانس لینے کی بھی ہمت نہ بچی تھی۔ بھلا کیا کہتی اور کیا بتاتی کہ لہجے کی بے حسی، کردار کی یہ کمی آپ سب کی جوہر شناس نظروں نے بھی، اس رات حسن جاوید کی نظروں کو نہیں پہچانا کہ وہ شاید اسی لیے اس دن آپ کے ڈنر پہ بصد شوق لے گیا تھا کہ وہ میرے والدین کی روح سے شرمندہ نہیں ہونا چاہتا تھا۔۔۔۔ مجھے بے گھری سونپ کے۔۔۔۔ روشن دماغ جو تھا۔

سعد ولا کے ٹی وی لاؤنج میں، وہ فری کی منتظر تھیں۔ باہمت ہونے کے باوجود ان کی آنکھیں اس کے غم میں بھیگی ہوئی تھیں۔

"مجھے اپنا نہیں سمجھا، ماں نہیں تھی ناں تمہاری۔" یہ سب ان کی آنکھوں میں تھا، زبان سے کچھ نہیں کہا اور وہ بے اختیار ان کے گلے لگ کے پھوٹ پھوٹ کے رو دی آنسوؤں نے وہ سب ہی کہہ ڈالا جو اس وقت وہ چاہ کر بھی کہہ نا پاتی، زبان سے وہی ایک جملہ نکلا، جو وہ کم عمری میں بڑے مان سے کہتی اور پھر کچھ بھی نہ کہنا پڑتا۔ آج بھی بے اختیار یہ ہی نکلا۔

"I love you Aania sorry" وہ دیر تک سے اسے اپنے سے چمٹائے رہیں اور پھر جدائی کے دن خود ہی خاموشی سے درمیان سے اٹھ گئے۔

رات کے سائے گہرے ہو رہے تھے اور شاید پہلے سے زیادہ بے درد بھی تھے۔ لیکن کمال بات یہ تھی کہ اتنی مایوسی کے باوجود اب اس کے پاس امید بھی تھی اور حوصلہ بھی کہ زندگی میں اسے اب اپنے لیے کچھ کرنا ہے۔ اس کی پیدائش کا مقصد صرف حسن جاوید کی وفا اور بے وفائی کو رونا نہیں بلکہ اس سے بڑھ کر کچھ اور ہے، اپنا درد، اپنا دکھ اس نے اپنی کمزوری نہیں بنانا ہے۔۔۔ منزلیں اور بھی ہیں۔ راستے بھی اور ہیں۔

یہ سوچتے سوچتے اسے نیند آگئی۔ ویسے بھی اب اسے فجر کی نماز کی عادت ہو گئی تھی۔ اسی عادت نے اسے آہستہ آہستہ حسن جاوید کو یاد کرنے کی عادت ختم تو نہیں، ہاں کم ضرور کر دی تھی۔

صبح کا منظر ہمیشہ ہی اس کی کمزوری رہا ہے اور اسلام آباد کی صبح تو ویسے ہی اس کی پسندیدہ رہی ہے، آج کی صبح نے دل میں حسن جاوید کی یاد کو پھر سے جگا دیا۔ آنسو متواتر اس کی آنکھوں سے بہنے لگے۔ تنہائی اسے ہمیشہ ایسے ہی درد میں مبتلا کرتی تھی۔ وہ دعا کے لیے ہاتھ اٹھاتی اور پھر الفاظ اس کا ساتھ چھوڑ دیتے، بس اشک ہی ہم سفر ہو جاتے۔ وہ شاید بے ہوش ہی ہو جاتی کہ اس کے سامنے مہربان دوست سبین نے اپنے مسیحائی کے الفاظ اس

کی ساعتوں کو پھر سے لوٹائے۔ اسے دسمبر کی بے درد رات یاد آگئی جب وہ دونوں کافی کے مگ لیے ایک دوسرے سے باتیں کر رہی تھیں۔ اور حسن جاوید کے الفاظ یاد کر کے اس کی آنکھیں بے اختیار رو دیں تو ڈاکٹر سبین اس کے ہاتھ اپنے ہاتھوں میں لیتے ہوئے کہا تھا:

"تمہیں طلاق اس نے دی ہے ناں؟" وہ اس کا چہرہ دیکھتی رہی۔

"ہاں!" وہ یہ کہتے ہوئے پھر سے رو دی۔

"تمہیں طلاق اس نے دی ہے، راستہ اس نے بدلا ہے، بے وفائی اس نے کی ہے، دکھ اس نے دیا ہے، فیصلہ اس نے ہی صادر کیا ہے، بولو ہاں۔۔۔ بولو ناں!!!" ڈاکٹر سبین کا انداز آج بالکل مختلف تھا۔

"ہاں اس کا تھا، سب اس کا تھا، گھر بھی اس کا تھا، فیصلہ بھی اس کا۔ مجھے تو عادت ہی نہ تھی پچھلے پانچ سالوں میں کوئی فیصلہ خود کرنے کی۔ گھر کے سارے فیصلے وہ اپنے اختیار میں رکھتا تھا، میں تو اس کے ساتھ خود کو ہواؤں میں اڑتا محسوس کرتی، وہ باکمال تھا۔" اس نے اقرار کیا۔

"سب اس کا تھا ناں؟" ڈاکٹر سبین نے اس کے سرد ہوتے ہاتھوں کو پھر سے تھاما، اب وہ اسے تھپتھپا رہی تھی۔

"پگلی! میری دوست تو پھر سوچو ناں۔ پچھتاوا بھی تو اسی کا مقدر ہونا چاہیے ناں۔ وہ تم اپنے دل میں، اپنے وجود میں اپنے بیگ میں بھر کے کیوں ساتھ لیے پھر رہی ہو؟ درد کو تم نے ہی کیوں اپنا مقدر بنالیا ہے؟ لوگوں سے وہ چھپے، تم کیوں؟؟" ڈاکٹر سبین بہت بہادر عورت تھی۔

"اب تمہاری باقی کلاس کل ہو گی، کل میری کلاس نہ ہو جائے" اس نے جاتے جاتے شفقت بھرے انداز میں بتایا:

"میں نے آنیا جی کو فون کر کے سب بتا دیا ہے، میں نے ان سے کہا ہے، تمہارا سامان اس عاشق کے گھر سے منگوالیں اب رونا نہیں کیوں کہ مجھے واقعی نیند آ رہی ہے۔" وہ تو کمرے سے جا چکی تھی لیکن اس رات وہ چاہ کر بھی ایک لمحہ بھی سو نہ سکی۔

دل تباہ تیرے غم کو ٹالنے کے لیے
سنا رہا ہے فسانے ادھر ادھر کے مجھے

آج اس کی عدت پوری ہو گئی تھی۔ اس نے سب سے پہلے جاب کے لیے اپلائی کرنا شروع کر دیا۔ زندگی اب پھر سے شروع بھی تو کرنی تھی۔ آسان تھا کہنا لیکن ان تمام دنوں کو سہنا کتنا مشکل تھا۔ اس کی یہ خوش فہمی بھی اس عرصے میں دور ہو گئی تھی کہ حسن جاوید اسے منانے آئے گا۔ سبین نے اسے بتایا کہ اس گھر میں اس کا ڈپریشن دور کرنے ایک ہفتے بعد ہی مونا احمد آ گئی تھی۔ مونا احمد، جس کے بارے میں یہ بات مشہور تھی کہ وہ اپنے والدین کی مرضی سے شادی کرے گی کیوں کہ وہ خاصے عزت دار گھرانے سے تھی۔ یہ ساری معلومات اس نے اور حسن جاوید نے ساتھ ہی مل کے اس کے انٹرویو میں پڑھی تھیں اور اس نے اترا کے حسن جاوید سے کہا تھا:

"دیکھا! میری فیورٹ سنگر کتنی ڈیسنٹ ہے" اف وقت زیادہ ظالم ہے یا انسان، وہ یہ فیصلہ نہیں کر پا رہی تھی۔ فیصلے واقعی آسمانوں پہ ہوتے ہیں، اسے یقین آنے لگا تھا۔

ڈاکٹر سبین نے ہی بتایا تھا کہ انہوں نے فون کیا تھا تو کسی خاتون نے کال ریسیو کی تھی اور پھر اسی ہفتے فری کا سامان سعد ولا آ چکا تھا۔

"یاد ماضی عذاب ہے یارب! وہ اداس تھی یا مطمئن، اس کے لیے یہ فیصلہ ابھی بھی آسان نہ ہوتا۔ اگر اس شام ڈاکٹر سبین اسے اپنی امی کی آمد کی اطلاع نہ دیتی، وہ بے حد خوش تھی۔

"یہ دیکھیں امی میری دوست فریال! جس کا ذکر تو سنا تھا آپ نے، آج سے اپنی اس بیٹی کا خیال بھی رکھنا ہے" وہ بھی ان کے گلے لگ گئی۔"

ان کے آنے سے گھر میں اور ہی رونق ہوگئی تھی۔ وہ اس کو صبح اپنے ساتھ ناشتہ ضرور کرواتیں۔

"یہ سبین بھی شہری ہوگئی ہے، ناشتہ ہی نہیں کرتی۔ لو بھی ڈبل روٹی سے بھلا کسی کا پیٹ بھرتا ہے؟" وہ اپنے ساتھ گاؤں سے ملازمہ بھی لائی تھیں۔

اتوار کا دن سبین کے لیے عیاشی کا دن تھا۔ وہ اسے بھی ساتھ لیے گھر سے باہر نکل آئی۔ سمندر کی ہوا نے اسے ایک عجیب سا سکون بخشا۔

"میں یہاں ہر اتوار کو صبح ہی صبح آتی ہوں، سارے دنوں کی تھکن اتر جاتی ہے۔ بڑا اسرار ہے اس سمندر میں۔۔۔ دن میں کچھ اور۔۔۔ رات میں کچھ اور!!!" وہ تو اسے اب کسی اور ہی دنیا کی باسی نظر آتی۔

"کون سے اسرار؟ مجھے بھی بتاؤ نا تاکہ میں بھی اب دنیا کے سوالوں سے منہ چھپانا چھوڑ دوں۔" ڈاکٹر سبین اسی کی ہم عمر تھی، لیکن اس کا اعتماد اس کی شخصیت کو خوب صورت بناتا تھا۔

"گُڈ یارا! ایسے ہی سوال کرنا سیکھو، جب کوئی تم سے سوال کرے تو تم بھی سوال کرو، ہم عورتیں نہ جانے کیوں ان ہی باتوں سے نکل نہیں پاتیں؟ اب تم ہی دیکھو تم نے MBA تو دن رات محنت کر کے کر ہی لیا نا، لیکن اب اسی سوال نے تمھیں کتنا پریشان کیا کہ عدت کتنے ماہ ہے، لیکن تم سوال سے گھبراتی رہیں، جب کہ قران مجید کی تلاوت تم اب روز ہی کرتی ہو۔" سبین بات کرتے ہوئے اس کے چہرے کو بھی دیکھ رہی تھی۔

"ہمممم" اس نے ایک ٹھنڈی سانس بھری۔

"یہ ہی تو ہمیں جاننا ہے کہ ہمیں ہمارے رب سائیں نے کتنی آسانیاں دی ہیں، پھر بھی ہم الجھے رہتے ہیں۔ ہماری سینئر ڈاکٹر رخسانہ ظفر نے یہ ذمے داری اٹھائی ہے۔ تم بھی ان کے پاس جانا شروع کر دو اب یہ ہی دیکھو کہ اس عرصے میں جب تم قران اور اس کی تفسیر پڑھنا شروع کرو گی، تو تمہیں اپنے سارے سوالوں کے جواب مل جائیں گے، جو ہم نے خود سے بھی کبھی نہیں کیے،'وہ چائے کے چھوٹے چھوٹے گھونٹ لیتے ہوئے اس کی بڑ بڑی الجھنیں سلجھا گئی۔

"کیا میں پھر سے جینا سیکھوں گی؟؟" ایک اور سوال اس کے لبوں پہ تھا۔

"یقین کرو، اس سے کہیں زیادہ بہتر، اپنے آپ پر ترس کھانا چھوڑو، اس لیے کہ خدا اپنے پیارے بندوں کو ہی آزماتا ہے، دعائیں دو گی اس سکوں کی دنیا سے دوستی کر کے۔ اور اٹھو میری ماں انتظار کر رہی ہوں گی۔ اس نے اسٹیرنگ سیٹ سنبھالتے ہوئے کہا۔"

"میرے بچپن کی منگ نے جب کراچی میں اپنی ایک دوست سے شادی کی تھی تو میں بھی بہت دن اللہ تعالی سے ناراض رہی، لیکن اب سوچتی ہوں میرے یہاں آکر تعلیم حاصل کرنے سے میری کتنی کزنز کے لیے علم کے دروازے کھل گئے" وہ مسکرائی۔

"ویسے بھی مایوسی تو انسانوں سے رکھنے والی توقعات دیتی ہیں۔"

"تم سچ کہتی ہو سیین! اصل تو ہم نے رب کو منانا ہے، روٹھا یار تو منانے کی امید بھی روٹھ گئی ہے۔ وہی جینے کا ہنر دے گا" اس نے ٹھنڈی سانس بھر کر کہا۔

"لاؤنج میں آنیا جان اس کی ناشتے کی ٹرالی کے ساتھ منتظر تھیں۔"

"دیکھو آج میں نے تمہارے لیے ناشتا خود تیار کیا ہے، تمہارا پسندیدہ پین کیک اور چاکلیٹ ٹرائفل مجھے معلوم ہے تمہیں صبح ہی ناشتا کرنے کی عادت ہے۔" وہ مسکرائیں۔

"جی آنیا جان! عادتیں بھلا کب بدلتی ہیں؟" اس نے بھی مسکراتے ہوئے کہا۔

"تم ملازمت کرلو گی؟انہوں نے چائے کا کپ ٹرالی سے اٹھاتے ہوئے پوچھا۔

"جی! اسی وجہ سے تو اسلام آباد واپس آئی ہوں اور میرا کمرہ ہے ناں؟ میں جانتی تھی کہ حسن جاوید نے میرا بیڈروم سیٹ آنیا جان کے گھر ایک ہفتے بعد واپس بھجوادیا تھا، جیولری تولا کر میں ہی تھی اور اسے بھی جاکر دیکھنا تھا۔"

"ہاں ہاں! بلکہ میں نے اسے دوبارہ پالش بھی کرادیا ہے، کل رات تو دل ہی نہیں چاہا کہ تمہیں اس کمرے کی۔key دوں۔ ویسے تم جانتی ہو، میرے یونیورسٹی کے اسٹوڈنٹس جب مجھ سے ملنے آتے ہیں تو میرے ہی پاس ٹھہرتے ہیں۔ اپنے انکل کا تو تمہیں پتا ہی ہے، احمر اور سمیر کو بھی انہوں نے لندن میں ہی سیٹل کر دیا، یہاں کے حالات دیکھتے ہوئے۔" آنیا کا وہی بیویوں والا انداز تھا، وہ ان پہ سوٹ بھی کرتا تھا۔

" چلیں آنیا جان! وہ کہیں بھی جاتے ہیں واپس تو اپنے ہی گھر لوٹتے ہیں ناں۔ اورآپ کے ہی ہیں نا ہمیشہ سے۔ عورت ایک بار اپنا گھر بنالے تو مضبوط ہو جاتی ہے۔" اس نے ٹھوس لہجے میں کہا۔

"ویسے تمہارے جانے کے بعد حسن جاوید کچھ عرصے تو یہاں کی محفلوں کی خبر بن کر رہا، اب کچھ عرصے سے خاصی خاموشی ہے۔ ہو سکتا ہے شہر چھوڑ دیا ہو۔ سال بھر تو میری فرینڈز پوچھتی رہیں کہ کیا ہوا؟ کیوں ہوا؟ کیسے ہوا؟ مجھے بھی تم پہ غصہ آتا کہ کم از کم مجھ سے ایک دفعہ ذکر تو کرتیں، تم نے تو کسی قسم کی ہوا تک نہیں لگنے دی۔ میں تو ایسا اس کا دماغ درست کرتی۔ لو بھلا ہمارے خاندان کی اتنی پیاری اور معصوم لڑکی پہ ترجیح دی بھی تو" جب تنویر نے تمہارے لیے لندن میں حسن کو پسند کر کے مجھے دکھایا تھا تو اتنا ڈیسنٹ اور سمجھ دار لگا تھا، نہ جانے کیا ہو اچانک ہی؟ زمانہ بھی کیسی چال چل جاتا ہے پتا ہی نہیں لگتا۔"

وہ اسی موضوع پہ آئیں اور یہ ہی لمحہ تھا جب اسے خود کو سنبھالنا تھا، بتانا تھا کہ یہ اس کی قسمت میں تھا اور اسے سہنا بھی تھا۔

"وہ ایسا ہی تھا آنیا۔۔۔ ہمیں ہی اسے پرکھنا نہیں آیا، ویسے بھی انسانوں کو سمجھنا سب سے زیادہ مشکل ہے۔ وہ خود اپنی محبت میں مبتلا تھا۔ وہ گھر، گاڑی، بیوی، اور اپنی جاب پہ فخر کرنے والا بے حد مغرور آدمی تھا۔ تکبر انسان سے ایسے ہی فیصلے کراتا ہے۔ اور سچ پوچھیں تو میں اس کی پسند ضرور تھی لیکن اس کی ہم مزاج نہ تھی۔ وہ مجھے میری ڈریسنگ اور بولڈ نیس سے جج کر رہا تھا اور ایسا آپ سب نے بھی کیا، اندر تو میرے ایک اور ہی روح تھی ناں جو مجھے اداس رکھتی تھی، اور حسن جاوید کو مجھ سے کچھ ہی سالوں میں بے زار کرنے لگی تھی، اور میں اسے اب "بہن جی" ٹائپ پر شخصیت لگنے لگی تھی، اور مونا احمد تو مجھے بھی پسند تھی تو حسن کو پسند آگئی تو حیرانی کی کیا بات تھی؟ دکھ تو صرف اپنی بے خبری کا ہے کہ میں جان ہی نہ پائی کہ کب کس وقت میری پسند اس کی محبت بن گئی؟ وہ بھی ایسی محبت جس کے لیے وہ سب کچھ چھوڑ سکتا تھا، میرے پاس تو اسے روکنے کے لیے کچھ بھی نہ تھا، حتیٰ کہ اولاد جیسی نعمت بھی نہ تھی۔" افسردگی اس کے لہجے سے عیاں تھی۔

"تم نے سارا الزام اپنے ہی سر لے لیا، ان سب باتوں کی سمجھ مجھے تو نہیں آئی۔ ایسے تو تمہارے انکل بھی ہیں، ان کے اور میرے دوست بھی مشترکہ ہیں، لیکن یہ تو نہیں ہے ناں کہ ہر دوست آپ کی زندگی میں آئے اور آپ کا گھر ہی تباہ کر جائے۔ اصل میں تم بہت ہی سادہ ہو اپنی ماں کی طرح، اسے بھی پتا ہی نہیں چلتا تھا کہ کب کون اس کے ساتھ چال چل جاتا، ہر کسی پہ اعتبار کی عادت نے ہی تو اسے ہائی بلڈ پریشر کا مریض بنا دیا تھا۔ کیسے اس کی زمینوں پہ اس کے دوست ہی قبضہ کر گئے، میں ہوتی اس کی جگہ یا تمہاری جگہ تو ایسا عدالتوں کے چکر لگواتی کہ سارا عشق کا بخار اتر جاتا، تم تو خود منہ چھپا کے بیٹھ گئیں۔" ان کا

لہجہ تلخ ہو گیا۔

یہ ہی وجہ تھی اس رات ان کے گھر نہ آنے کی، تین دفعہ لفظ طلاق کا سننے کے بعد گنجائش ہی کہاں تھی کہ پھر سے دل اور رشتہ جڑ پاتا، اور اب وہ پہلے والی فریال نہیں تھی، آگہی کا سفر شروع ہو چکا تھا، اسے اپنی تخلیق کا مقصد سمجھ آ گیا تھا۔

"دیکھیں ناں آنیا جان! حسن نے میری ہی وجہ سے مونا احمد کو پہلے Face Book پر تلاش کیا تھا ناں، میری ہی خاطر کیا ناں؟ اور پھر ہم مونا احمد کے پروگرامز میں جانے لگے۔۔۔ ہیں ناں ایسا ہی؟؟" وہ جان رہی تھی کہ درد لا دوا ہے، لیکن سہنا تو تھا ناں!!!

"لو بھلا یہ کیا جواز ہوا اس پہ مر مٹنے کا اور تمہیں اس طرح تنہا کرنے کا؟ نہیں بھئی! میرا دل نہیں مانتا تمہاری دلیلوں کو۔" مسز تنویر کا انداز کب بدلنے والا تھا۔

شاید یہ دور ہی ایسا ہے لمحاتی فیصلوں کا، کچھ بھی کسی بھی وقت ہو سکتا ہے۔ محبت بھی نبھانا اب پرانی روایت ہو چکی ہے۔

"دلیل تو وکیل مانتا ہے آنیا جان! محبت تو بس اپنے ہونے کا جواز مانگتی ہے۔ میں بھی شاید اپنے والدین کی جدائی میں خود سے اور شاید حسن جاوید سے بھی انجانے میں دور ہو گئی تھی اور وہ نہ جانے کب خاموشی سے راستہ بدلتا گیا۔ حسن جاوید کو تو فخر کی عادت تھی اور مونا احمد ایسی تو تھی ناں کہ اس سے ملنا، اس کی دوستی اس کا مان بڑھاتی چلی گئی اور میرا پارٹیز میں تنہا ہو جانا، بے زاری سے جانا اسے پہلے کھلنے لگا، اور پھر اچھا لگنے لگا۔ شادی شدہ زندگی میں بے زاری آنے لگے ناں تو پھر شاید وقت ہاتھوں سے نکلنے ہی لگتا ہے، اور یقیناً وقت میرے بھی ہاتھ سے نکلتا چلا گیا۔" وہ نہ جانے کیا کیا بولتی چلی گئی۔

"اس رات کیا ہو گیا کہ اس نے تمہیں ایک دم ہی طلاق دے دی۔" ان کا تجسس بڑھتا جا رہا تھا۔ اس نے ایک لمبی گہری سانس لی؟

"اس رات کے لیے کیا جواز دوں؟ کیا کہانی کہوں؟ اس کی بے زاری تو میں بھی کافی دنوں سے نوٹ کر رہی تھی، آئے دن اسلام آباد سے مری کے ٹوئرز۔۔۔ آپ کے گھر واپسی پر وہ مسلسل اصرار کر رہا تھا بلکہ مجھے قائل کر رہا تھا کہ آپ کا اتنا بڑا گھر ہے، آپ بلاتی بھی رہتی ہیں تو مجھے آپ کے گھر رہنے جانا چاہیے، رہنا چاہیے۔ بس بحث شروع ہوئی کیوں؟؟ اور پھر بیڈروم میں آتے ہی پھر سے شروع ہو گیا۔۔۔ میں اکثر ہی خاموش ہو جاتی تھی، لیکن نہ جانے کیوں مجھے بھی غصہ آگیا۔ گلاس رنگوں سے بھرنا اس کی عادت تھی، لیکن شاید میرا ابھی صبر جواب دینے لگا تھا۔ وہ بولتا رہا اور اسی درمیان اس کے الفاظ میری روح تک زخمی کر گئے جب اس نے میرے مرحوم والدین کے بھی بارے میں فضول بولنا شروع کیا۔ "آنیا جان" اس نے کہا "مجھے تمہاری شکل ایک آنکھ نہیں بھاتی، تم میری برداشت سے باہر ہوتی جارہی ہو، تم اور تمہارا گھرانہ مغرور ہے، بس خود پر فخر کرنا ہی آتا ہے تم جیسے لوگوں کو تم سب جوہر شناس ہو، میں ہیرا ہوں اور۔۔۔ اور۔۔۔ اور تم پتھر۔۔۔ صرف پتھر ہو اور خود کو سنگ مرمر کی مورتی سمجھتی ہو؟ بے جان مورتی جاؤ نکل جاؤ میرے گھر سے میں کہہ رہا ہوں نکل جاؤ۔۔۔ طلاق دی تمہیں۔۔۔ طلاق! طلاق" اب کبھی بھی مجھے اپنی منحوس شکل نہ دکھانا۔ اور پھر گاڑی نکال کے جاتے ہوئے چوکی دار سے کہا۔ کہ میں نے اسے طلاق دے دی ہے، تم اسے ٹیکسی لا دو، یہ دفع ہو جائے یہاں سے!!!" وہ ربوٹ کی طرح بول رہی تھی اور وہ گھر سے چلا گیا۔

مسز تنویر احمد کی ہمت ہی نہیں ہوئی کہ اسے گلے لگا کے ایک بھی لفظ کہہ سکتیں۔ درد کی کیفیت نے اسے کیا پتھر بنا دیا تھا یا پھر وہ سیپ میں چھپا موتی تھی۔

اس نے ٹھنڈی سانس بھری اور پھر کیا: "اس وقت مجھے یہ خوش فہمی تھی کہ میں آپ کے پاس آگئی تو وہ بار بار منانے آئے گا۔ عدت آپ کے گھر گزارنے اسی لیے

نہیں آئی۔" وہ بے بسی سے مسکرائی۔

"اب تو صرف میری ذات ہے۔ سوچتی ہوں اسی لیے اللہ تعالی نے اس کے ساتھ ان سالوں میں مجھے اولاد نہیں دی۔ اب سوچا ہے جاب کروں گی، آپ کے ساتھ رہ کے بہت سی یادیں شیئر کروں گی، جو چھوٹی چھوٹی ملاقاتوں میں شاید دل میں ہی رہ جاتی تھیں اور آپ نے بھی میرے لیے پریشان نہیں ہونا، قران حکیم کی تفسیر بہت اچھی طرح پڑھی تو اپنے رب سے عشق ہو گیا، جو چھوڑ جائے وہ ہمارا ہوتا ہی کب ہے کہ اسے روتے روتے زندگی کی اس نعمت سے بندہ منہ ہی موڑ لے۔۔۔ زندگی بار بار تو نہیں ملتی ناں کہ روتے روتے گزار دی جائے۔۔۔ انسان ہونے کے ناتے میرا بھی اس زندگی پہ اتنا ہی حق ہے جتنا حسن جاوید کا ہے۔ وہ بھی تو مونا احمد کے ساتھ خوش ہی ہو گا ناں جو اسے ایک بار بھی میرا خیال نہیں آیا۔ کیسے بے یار و مدد گار چھوڑ گیا تھا ناں اس رات چوکی دار کے حوالے کر کے۔ اب میں بھی جینا چاہتی ہوں، یہ بھی تو ہو سکتا ہے کہ میرا نصیب وہ تھا ہی نہیں۔۔۔ میرا ہم سفر، میرا ہم مزاج مجھے بھی خود ہی تلاش لے ورنہ اب میں اتنی بری بھی نہیں کہ آپ بھی مجھے گھر سے نکال دیں" وہ اپنی آنیا جان کو حیران چھوڑ کے ٹرالی کے ساتھ کچن کی طرف بڑھ گئی۔ اسے بھی خود کو، نئی جاب کی ذمہ داریوں کو سنبھالنا تھا۔ روز روز بھلا ان سوالوں کے جواب اور وضاحتیں کیوں دیتی؟

جان گئی تھی پچھتاوے تو ہم انسانوں کو دیمک بن کے چاٹ جاتے ہیں ناویسے بھی اسے اب آگہی نے یہ علم بھی عطا کیا تھا۔

"اللہ تعالی کسی کو اس کی طاقت سے زیادہ تکلیف نہیں دیتا۔" (سورۃ الاعراف)

***

۹

کچی کا گر

افشاں علی

اس کے ننھے ننھے سے قدم اُس کچی ٹیڑھی میڑھی پگ ڈنڈی پر دوڑ رہے تھے جس کے ایک طرف نالہ بہتا تھا تو دوسری جانب کھیت تھے، جن میں گندم کی سنہری ڈالیاں سر اٹھائے اِستادہ تھیں۔

کھیتوں میں آج کل سنہری ڈالیوں کے بیچ ہرے، نیلے اور سرخ آنچل بھی لہراتے بہار دکھلاتے گندم کی کٹائی میں اپنے شوہر یا باپ بھائی کا ہاتھ بٹاتے نظر آتے۔

باغوں میں پھل لگنے لگے تھے، تو گندم کی فصل بھی پک کر تیار تھی۔

کسان گندم کی ان سونے جیسی سنہری ڈالیوں کو بیل گاڑیوں میں لادے منڈیوں کی طرف نکلتے تو شام ڈھلے ہی گھر لوٹتے جہاں گھر کی عورتیں ہانڈی روٹی بنائے ان کی منتظر ہوتیں۔

وہ بھی ایک عام سا ہی دن تھا۔ جب وہ معمول کی طرح اس کچی پگ ڈنڈی سے گذر کر گاؤں کے اس حصے کی جانب چل دی جہاں کمہاروں کے خاندان آباد تھے۔

یوں تو پورے گاؤں میں کھیلنے کی بہت سی جگہیں تھیں۔ نیم کے درخت پر لگا جھولا، ندی کے ٹھنڈے پانی میں کبھی اوپر کو آتی مچھلیاں جنہیں بچے بڑے شوق سے جال ڈالے

پکڑنے کی کوشش میں ہلکان ہوتے۔

جھاڑیوں کے ارد گرد آنکھ مچولی، کھیلتی لڑکیاں، خالی زمین پر لک لکھوٹی کھیلتی بچیاں تو، برگد کے گھنے درخت کے نیچے ٹاٹ بچھائے گھر گھر اور گڑیا گڈے سے کھیلتی لڑکیاں۔

وہیں دوسری اور کُھلے میدان میں گلی ڈنڈا کھیلتے لڑکے، یعنی کھیلنے کو تو یہاں بہت سے کھیل تھے پر اس کے قدم ہمیشہ دین محمد چاچا کے گھر کی جانب ہی اُٹھتے جہاں کھیلنے کو تو کوئی کھیل نہ تھا ہاں مگر تا حدِ نظر مٹی ہی مٹی دِکھتی نظر آتی۔

وہ ہی مٹی جس سے انسان کی بنیاد رکھی گئی جس سے اس کا ضمیر اُٹھا اور اسی مٹی سے کوزہ گر بڑی محنت سے نئی بنیاد رکھتے ایک نئے روپ، ایک نئے سانچے میں ڈھالتے۔

دین محمد جدی پشتی کمہار تھا، اپنے آباؤ اجداد کی روایات و پیشے کو برقرار رکھنے پر اسے فخر تھا۔ وہ بھی معمول کی طرح خاموشی سے دین محمد چاچا کے قریب رکھی چوکی پر آبیٹھی۔

"آگئی تو۔۔۔؟ آج تو میں مٹکا بنانے والا ہوں، شہر سے تیس مٹکوں کا وڈا آڈر آیا ہے۔۔۔" اس کی آمد کو بغیر گردن مڑے بھی دین محمد نے محسوس کر لیا اور ساتھ ہی اسے مخاطب کیا،

دین محمد چاچا کی بات سن کر اس کی آنکھیں چمکیں اور چہرے پر خوشی تجسس کے سب رنگ مترشح تھے۔ اس نے اپنی گول گول آنکھیں آس پاس گھمائیں۔

ہمیشہ کی طرح دین محمد اپنے ازلی حلیے یعنی بنیان نمایاں کے نیچے دھوتی لپیٹے چوکی پر بیٹھا تھا۔

اس کے بالکل سامنے پانی سے بھری بالٹی کم مٹکی تھی اور دوسری جانب چکنی مٹی کو گوندھ کر کچھ ڈھیلے بنے رکھے تھے۔

دین محمد نے ان میں سے ایک ڈھیلا اٹھا کر چاک کے بیچوں بیچ رکھا اور ساتھ ہی پاس رکھی شیشم کی چوب دار لکڑی کو چاک میں موجود سوراخ میں پھنسا کر گھمانا شروع کر دیا۔ چرچراہٹ کی مخصوص آواز کے ساتھ چاک کا چرخ گردش کرنے لگا اور جونہی چرخ نے رفتار پکڑی۔ دین محمد نے پانی سے بھری مٹکی میں اپنے دونوں ہاتھوں کو ڈبو کر گیلا کیا اور ساتھ ہی گردش کرتے چرخ پر رکھے مٹی کے ڈھیلے کو وہ ایک نئی شکل دینے لگا۔

ایسا لگ رہا تھا جیسے پانی سے بھرے ٹب میں دونوں ہاتھوں سے کچھ گھنگھولا جا رہا ہو۔

اس کے ماہر ہاتھوں کی رواں حرکت اس بے شکل کے ڈھیلے کو پیچیدگی کے ساتھ ایک نئی شکل میں ڈھال رہے تھے، وقفے وقفے سے وہ اپنے ہاتھوں کو گیلا کرتا اور چرخ کی رفتار کم ہونے پر پھر سے لکڑی چاک میں پھنسا کر چرخ کا گھماؤ تیز کر دیتا۔

دیکھتے ہی دیکھتے، چاک کی مسلسل گردش، دین محمد کے ماہر ہاتھوں کے مدو جزر اور گھماؤ نے اس بے ڈھنگے مٹی کے ڈھیلے کو ایک نئے سانچے میں ڈھال لیا اور وہ بنا آنکھ جھپکے بڑے شوق و اشتیاق سے اس تیار مٹکے کو دیکھے جا رہی تھی جسے اب دین محمد چاچا نے احتیاط سے پکڑ کر قدرے فاصلے پر سوکھنے کے لیے رکھ دیا اور ساتھ ہی نیا مٹکا تیار کرنے کے لیے دوسرا ڈھیلا اٹھا لیا۔

"واہ۔۔۔ چاچا، تمہارے ہاتھوں میں تو جادو ہے اتنی دیر میں تو چاچی بشیراں تنور سے روٹیاں بھی نہیں نکالتیں، جتنی دیر میں تم نے مٹکا تیار کر دیا۔۔۔" اس کے لہجے میں حیرت تھی۔

"ارے! بٹیا، اس ماں جادو کی کے بات ہے کچی مٹی نے تو جیسی چاہو شکل میں ڈھال لیو، ڈھل جاوے ہے۔

بالکل تم بچہ لوگاں کی طرح، تم چھوٹے بچہ لوگاں نوں بھی جو بھی سکھاؤ رٹو طوطا کی

طرح رٹ لیو ہو یونہی یہ چکنی مٹی اور پانی کی فطرت ہووے ہے۔

جیسے چاہو صورت میں ڈھال لیو۔ پر جے اگر یہ سوکھ جاوے اور اپنی کوئی شکل لے لیوے تو یہ پکی ہو کر مضبوط ہو جاوے ہے۔۔۔!"

ہاتھ جتنی مَشّاقی سے چل رہے تھے اتنی ہی تیزی سے زبان بھی، جب کہ وہ آٹھ سالہ بچی کچھ سمجھنے اور نا سمجھنے کی کیفیت سے گزرتی نظریں جمائے چاک کی گردش اور دین محمد کے ہاتھوں کے گھماؤ میں مگن تھی۔۔۔ ماحول میں گائے، بھینسوں کی جگالی اور چاک کی چرچراہٹ بھی شامل تھی۔

"اوئے چھوری۔۔۔" تبھی سر پر چارے کا گٹھا لادے زینت اماں وہاں چلی آئیں۔

"تو تھلے (یہاں) بیٹھی ہے، وہاں تیری ماں تیرے نام کا رولا پار ہی ہے۔۔۔"

زینت اماں کی بات سُن کر وہ بے چینی کے ساتھ وہاں سے اٹھ کھڑی ہوئی اور واپسی کے راستے پر چل دی۔

وہی راستہ تھا، وہی قدم، پر فرق صرف اتنا تھا کہ آتے وقت ان قدموں میں جوش تھا، خوشی تھی مگر اب واپسی کے سمے مایوسی ان ننھے قدموں سے لپٹی اور اُداسی ان چمک دار آنکھوں میں نمایاں تھی۔

یوں جیسے کسی سے اس کی کوئی پسندیدہ چیز چھین لی جائے۔ یوں جیسے کسی بچے کا پسندیدہ کھلونا ٹوٹ جائے۔

بالکل اسی طرح گھومتے چرخ کی لٹو کے مانند گھومتی گردش کو دیکھنا اور دیکھتے رہنا اس کا من پسند کام اور کھیل بھی تھا۔

یہ بریک ٹائم تھا۔ اسٹاف روم میں کوئی خاص بات تو نہیں ہو رہی تھی۔ بس یونہی سب ایک دوسرے سے اپنے اپنے مسائل ڈسکس کر رہے تھے تو کچھ گوسپ اور اس وقت بچوں

کی پرورش جیسا اہم موضوع زیر بحث تھا۔

کومل! آپ بہت لکی ہیں جو فی الحال بچوں کا جھنجھٹ ہی نہیں ورنہ نوکری پیشہ خواتین کو گھر اور باہر کی دنیا دونوں کو manage کرنا اور وہ بھی بچوں کے ہوتے ہوئے یہ بہت ہی مشکل ہو جاتا ہے۔۔۔

"نہیں، صاعقہ! آپ نہیں جانتیں دنیا میں لوگ ہمیں کسی بھی حال میں جینے نہیں دیتے۔ اس دفعہ تو حد ہی ہو گئی۔

لاسٹ ویک اینڈ پر میری خالا ساس کے گھر دعوت تھی اور بھری دعوت میں میری خالہ ساس اور ساس صاحبہ نے مل کر میری سونی گود کی وجہ جاب کو مانتے ہوئے وہ طعنہ زنی کی کہ الآمان۔۔۔

بہ قول میری خالا ساس جن عورتوں کے پاؤں گھر میں نہیں ٹکتے وہ کبھی بھی اپنے پیروں میں اولاد کی بیڑیاں نہیں پہنتیں۔۔۔"

اس نے اپنی خالہ ساس کے الفاظ ہو بہ ہو دہرائے۔ کومل کے لہجے میں اُداسی جھلک رہی تھی۔ کومل کی بات سُن کر تو کچھ پل کے لیے وہاں موجود تمام فی میل لیکچرارز کے درمیان خاموشی سی چھا گئی۔

"مس کومل! آپ اُداس مت ہوں، ناسمجھ اور ان پڑھ لوگوں سے ایسی ہی جاہلانہ باتوں کی امید کی جاسکتی ہے حالاں کہ اولاد کا اختیار ہمارے ہاتھ میں کہاں۔۔۔؟"

میم عنبر نے اس کی دل جوئی کی۔

"ویسے ہماری نیو لیکچرار بھی کافی لکی ہیں اس معاملے میں تو، ان کا ننھا سا اکلوتا بیٹا ان کی ساس و جیٹھانی جو سنبھالتی ہیں، اس لیے یہ تو کافی بے فکر ہیں کیوں نادیہ۔۔۔؟"

پروفیسر فرحت نے شرارت سے نادیہ بشیر کو چھیڑا جس کے چہرے پر فخریہ

مسکراہٹ پھیلی تھی۔

"جی بالکل یہ بات تو آپ نے ٹھیک کہی، ساس کے ہوتے مجھے بڑی آس۔۔۔"نادیہ بشیر کی بات پر سبھی ہنس دیئے۔

"ارے مسز انیس آپ کیوں خاموش ہیں؟ آپ بھی کچھ بولئے، آخر کو آپ بھی بچوں والی ہیں۔۔۔پروفیسر فرحت کی بات پر لیکچرار رطابہ کا تیزی سے چلتا پین رک گیا۔

وہ بہ یک وقت اسائنمنٹ بھی چیک کررہی تھی اور ان سب کی باتیں بھی سن رہی تھی۔اس نے اسائنمنٹ فائلز سائیڈ میں کی۔

"میں بہ یک وقت لکی بھی ہوں اور un lucky بھی۔۔۔"

"ایسا کیوں۔۔۔؟ آپ کے گھر پر تو صبح سے شام تک میڈ ہوتی ہے۔۔۔۔"

مس کومل بھی اپنا غم بھول کر سب کی باتوں میں شریک ہوگئیں۔

"کہیں ایسا تو نہیں کہ میڈ بچوں پر توجہ نہیں دیتی۔۔۔؟"صاعقہ نے تبصرہ کیا۔

"ہیں؟ میم رطابہ، کیاواقعی یہ سچ ہے۔۔۔؟ پھر تو ایسی میڈ کو آپ چلتا کریں ویسے بھی آج کل کی میڈ تو ہوتی ہی ایسی ہیں۔۔۔"

گوسپ کرتی لیب اسسٹنٹ سائرہ نے بھی ان کی باتوں میں اپنا حصہ ڈالنا ضروری سمجھا جب کہ رطابہ اِن کے فضول تبصروں سے تنگ آگئی۔

"افوہ! حد ہوگئی پہلے پوری بات تو سن لیا کرو سائرہ، یونہی شروع ہو جاتی ہو اندازے لگانا۔"

ارے، میں نے کب کہا کہ میڈ بچوں کو نہیں سنبھالتی، میں تو کچھ اور کہنا چاہ رہی تھی۔۔۔"

"کیا؟"

سبھی کے چہرے پر تقریباً ایک ہی سوال تھا۔

"مانا کہ میری میڈ دوپہر سے شام تک بچوں کے پاس ہوتی ہے پر کبھی کبھی سوچتی ہوں کہ وہ بچوں کو میڈ بن کر سنبھالتی ہے۔

ماں بن کر تو نہیں نا۔۔۔" رطابہ سنجیدہ تھی پر اس کی بات کو سبھی نے شاید غیر سنجیدگی سے لیا تھا۔

"چھوڑیں بھی اتنی قنوطیت بھری باتیں، آج ہم جس مقام پر ہیں، وہاں تک آنے کے لیے کتنے توپاپڑ بیلے ہیں۔

یہ چھوٹی موٹی قربانیاں اور سہی، بس کچھ وقت کی ہی تو بات ہے مس رطابہ۔۔۔" اردو لیکچرار عانیہ میمن نے رطابہ کو تسلی دی۔

"اور نہیں تو کیا، آج کل کی جنریشن تو ویسے بھی بہت جینیئس ہے، کوئی پرانے زمانے جیسی تو نہیں کہ ماں کے پلو سے بندھے رہیں۔۔۔"

لیکچرار صالحہ کی بات پر سبھی رضامند نظر آ رہی تھیں۔

"بالکل صحیح کہا، اب میری ہی مثال لیجئے، میں نے جب جاب اسٹارٹ کی تھی تب میرے بچے بہت چھوٹے تھے، پر وقت نے نا صرف بچوں کی پرورش بھی کر دی بلکہ مجھے بھی ہمت دی حالاں کہ میرے شوہر تو میری جاب کے خلاف تھے۔۔۔"

پروفیسر فرحت جو نا صرف عمر بلکہ تجربے کے لحاظ سے بھی سینئر تھیں انہوں نے اپنی سرگزشت سنائی۔

"عدنان نے تو ہمیشہ میری حمایت کی ہے چاہئیں جاب کا معاملہ ہو یا پھر سسرال کے طرف سے ملنے والے طعنے۔۔۔"

کومل کے چہرے پر نئی نویلی دلہن جیسی لجاجت پھیلی ہوئی تھی جسے سبھی نے بہ طور

خاص نوٹ کر کے ایک ساتھ باقاعدہ چھیڑا تھا جب کہ کومل کو دیکھ کر رطابہ نے سوچا۔

"واقعی سہاگن وہی جو پیا من بھائے۔۔۔"

"کیا باتیں ہو رہی ہیں۔۔۔؟" تبھی زاہدہ ذکی جو مائیکرو بائیولوجی ڈیپارٹمنٹ کی ڈین تھیں وہاں چلی آئیں اور ان کے آتے ہی لمحے بھر کے لیے خاموشی چھا گئی۔ "what happen" انہوں نے پھر سے استفسار کیا۔

"کچھ خاص نہیں میم بس یونہی بچوں کی تربیت کے حوالے سے گپ شپ ہو رہی تھی۔۔۔" کومل کے لہجے میں گھبراہٹ اُمڈ آئی۔

"یہ تو کافی اچھا اور important topic ہے، تو پھر کیا discussion چل رہی تھی۔۔۔؟" میم زاہدہ ذکی نے سائیڈ میں رکھے سنگل صوفے پر بیٹھتے ہوئے پوچھا مگر اس سے پہلے کہ ڈین کو اپنے سوال کا جواب ملتا یکے بعد دیگرے تقریباً تمام اسٹاف ایکس کیوز کے ساتھ اٹھ کھڑا ہوا کسی کو لیب جانا تھا، کسی نے لیکچر لینا تھا، تو کسی کو اسائنمنٹ collect کرنی تھی۔

غرض یہ کہ سبھی اپنی غصیلی ڈین کی کلاس سے بچنے کا سامان کر کے یہ جا وہ جا ہو چکی تھیں سوائے رطابہ کے کیوں کہ فی الحال وہ فری تھی اور اس کا کوئی خاص لیکچر بھی نہ تھا۔ اس لیے اب وہاں صرف رطابہ اور میم زاہدہ ذکی ہی موجود تھیں۔

میم کوئی سرد قسم کی یا خشک مزاج خاتون نہ تھیں وہ ان کا فرسٹ امپریشن کچھ ایسا ہی پڑتا ہاں البتہ غصیلی تو وہ تھیں کوئی بھی غلط بات یا کام جب ان کے موڈ کے برعکس ہوتا تو سامنے والے کی نظر زمین میں جب کہ ان کا غصہ آسمان میں ہوتا۔

اسٹاف کے لیے ان کے غصّے کو برداشت کرنا حقیقتاً دل گردے کا کام ہوتا، اسی لیے اس یونیورسٹی کے مائیکرو بائیولوجی ڈیپارٹمنٹ کے تمام اسٹاف خواہ وہ لیکچرار ہو پروفیسر

ہو یا پیون سبھی کی کوشش رہتی کہ ڈین سے سامنا کم سے کم ہو۔

اس وقت وہ بھی سر جھکائے یونہی رجسٹر پر نظریں ٹکائے بیٹھی تھی۔

"مسز انیس۔۔۔" تبھی میم زاہدہ ذکی نے اسے پکارا۔

"یس میم" وہ یک دم چونکتے ہوئے سنبھلی۔۔۔

"any problem?" ان کا لہجہ معمول سے ہٹ کر تھا۔

"نو میم نتھنگ سیر ئیس! ہم تو بس یونہی بچوں کی تربیت و پرورش کے حوالے سے بات کر رہے تھے کہ ورکنگ لیڈیز کے لیے گھر کے اندر اور باہر کی دنیا دونوں کو manage کرنا کس قدر ٹف ہو جاتا ہے۔۔۔" رطابہ نے ٹھہر ٹھہر کر آہستگی سے بتایا۔

"جی، مس رطابہ یہ تو ہے، مگر میرا تو ماننا ہے کہ عورت کے لیے پہلے اس کا گھر، اس کے بچے اور اس کی فیملی ہونی چاہیے۔

کیوں کہ وہی اس کی اصلی دنیا ہے اور ورکنگ وومن کو اپنے گھر کی طرف سے completely comfortable ہو کر ہی باہر کی دنیا میں قدم رکھنا چاہیے۔

کیوں کہ وہ اگر ریلکس ہو گی تبھی تو باہر کی دنیا کی پرابلم کو فیس، اور solve کر پائے گی۔۔۔"

میم کا انداز کافی ٹھہراؤ لیے ہوئے تھا۔

"جی میم یو آر رائٹ! جس طرح لیکچرار نادیہ بشیر مطمئن ہیں کہ ان کا بیٹا اپنی دادی اور تائی کی نگرانی میں ہوتا ہے یونہی میری غیر موجودگی میں میرے بچوں کے پاس میڈ ہوتی ہے۔

اس لیے شاید میں بھی کافی حد تک مطمئن ہوتی ہوں۔۔۔" رطابہ نے میم زاہدہ ذکی کی باتوں سے اتفاق کرتے ہوئے جواباً کہا۔

رطابہ کی بات سن کر میم زاہدہ ذکی پھیکی سی ہنسی ہنس دیں۔

"مس رطابہ ہم عورتیں بھی نا بہت بھولی ہوتی ہیں جو جیسا نظر آتا ہے اس کو سچ مان کر جینا شروع کر دیتی ہیں۔ بعض اوقات تو ہم صحرا کو ہی نخلستان سمجھ لیتی ہیں۔۔۔"

"there need a long time to know the world pulse"

"دنیا کی اصلیت کا بڑی دیر میں پتا چلتا ہے"

"میم! وائس چانسلر آپ کو بلا رہے ہیں۔۔۔؟" میم زاہدہ ذکی کی بات ابھی مکمل ہوئی ہی تھی کہ پیون کی اطلاع پر اٹھ کھڑی ہوئیں۔

"اوکے! مس رطابہ آپ اپنے لیکچرز continue کریں پھر بات ہو گی۔۔۔"

میم کا شیریں لہجہ اور حلاوت آمیز انداز عام دنوں سے مختلف تھا۔

میم کے جانے کے بعد رطابہ ان کی ناقابل فہم جلیبی جیسی باتوں اور انداز کو سوچتے ہوئے اپنا رجسٹر اور پرس سنبھالے اگلے لیکچر کے لیے کلاس لینے چل دی۔

آج کا دن رطابہ کے لیے کافی مصروف سا تھا۔ صبح سے ہی وہ کاموں میں بزی تھی۔

اس کی تائی ساس گزشتہ رات ہی عمرے سے لوٹی تھیں۔ انہیں سے ملنے کے لیے شام کی فلائٹ سے انہوں نے لاہور روانہ ہونا تھا جہاں اس کی تائی ساس کی فیملی اور اکلوتی نند رہتی تھی۔

صد شکر پیکنگ رات ہی مکمل ہو گئی تھی۔ یونیورسٹی سے بھی اس آج کی leave لے لی تھی۔ ویسے بھی اگلے دن ویک انڈ تھا۔ (آیا) میڈ کو اس نے کل ہی کال کر کے دو دن کی چھٹی دے دی تھی اور اب اس وقت کو کوس رہی تھی جب میڈ کو چھٹی دینے کا خیال اس کے ذہن میں وارد ہوا تھا،

ویسے بھی اس کے بچے عام بچوں کی نسبت کافی سمجھ دار وار سلجھے ہوئے واقع ہوئے

تھے۔

اب بھی وہ دونوں بچوں کو میگی کے باؤل کے ہمراہ ٹی وی کے آگے بٹھا آئی تھی۔ گھر کے چھوٹے بڑے تمام کاموں سے فارغ ہو کر جب اس نے کمرے کا رُخ کیا تو انعام کو ابھی بھی کارٹون دیکھنے میں مگن تھا جب کہ ننھی انوشہ کارٹون دیکھتے دیکھتے وہیں بیڈ پر آڑھی ترچھی سو چکی تھی۔

"مما، ہم ایئرپورٹ کب جائیں گے۔۔۔؟" انعام نے اشتیاق سے پوچھا وہ ایروپلین میں سفر کرنے کے لیے ہمیشہ ایکسائیٹڈ ہوتا تھا۔

"بیٹا! آپ کے پاپا آجائیں پھر جائیں گے۔" رطابہ نے اس کے بالوں کو سہلاتے ہوئے پیار سے جواب دیا اور بیڈ کی سمت بڑھی تاکہ انوشہ کو ٹھیک سے سلا سکے۔

"مما! وہاں آپا آنٹی بھی ہوں گی۔۔۔؟" رطالبہ کے لیے یہ سوال غیر متوقع تو تھا ہی پر انعام کے لہجے میں کچھ تو ایسا تھا جو رطابہ کو چونکانے پر مجبور کر گیا۔

اس نے بہ غور انعام کو دیکھا جو جواب کی آس میں اپنی مما ہی کی طرف دیکھ رہا تھا۔

پر اس کی آنکھوں میں عجب سا تاثر تھا۔ وہ اس تاثر کو کوئی نام نہ دے پائی۔ اس نے آگے بڑھ کر انعام کو اپنی گود میں بٹھاتے ہوئے اس کے چہرے کو اپنے دونوں ہاتھوں میں سمو لیا۔

"نہیں بیٹا! آپا آنٹی ہمارے ساتھ نہیں آئیں گی، وہ چھٹی پر گئی ہیں۔۔۔" تبھی ڈور بیل بجی۔

"بیٹا آپ ٹی وی آف کرو، میں ذرا دیکھ آؤں ڈور پر کون ہے۔۔۔؟"

وہ انعام کو گود سے اتار کر ڈور کی جانب بڑھی جہاں انیس اس کے منتظر تھے۔

"کہاں رہ گئے تھے آپ۔۔۔؟" اس نے دروازہ کھولتے ہی پوچھا۔

خالص بیویوں والے فکر مندانہ انداز کو انیس نے بہ غور محسوس کیا۔

"شادی کو آٹھ سال ہو چکے ہیں مگر آج بھی ہماری بیوی ہمارا بے صبری سے انتظار کرتی ہے۔۔۔" وہ انیس کی بات اور انداز کو دیکھ کر پزل سی ہو گئی۔

"بالکل ٹھیک کہا، شادی کو آٹھ سال ہو چکے ہیں مگر آج بھی ہمارے شوہر ہمیں بہت انتظار کرواتے ہیں۔۔۔"

اس نے انیس کے ہی انداز میں بات لوٹائی مگر جب اپنے کہے گئے فقرے پر غور کیا تو دانتوں تلے زبان دبا کر وہ تیزی سے پلٹنے لگی مگر انیس سائیڈ سے نکل کر اس کی راہ میں حائل ہو گئے۔

"اگر آپ کہیں تو ہم اپنی بیگم کا انتظار ختم کر دیں۔"

ہونٹوں پر تبسم اور آنکھوں میں جلتے دیئے سی چمک لیے وہ اس کے سامنے موجود تھے۔

"پاپا! آ گئے، اب ہم ایئرپورٹ جائیں گے نا۔۔۔"

انعام کی وہاں آمد پر وہ مسکراتے ہوئے پلٹ گئی۔

جیسے ہی جہاز نے اُڑان بھری اس نے ایک طویل سانس خارج کر کے جہاز کی سیٹ سے ٹیک لگالی۔

بہت ہی تھکا دینے والا دن بیتا تھا اور اب وہاں پہنچ کر ہشاش بشاش نظر آنا بھی ضروری تھا جب کہ دونوں بچے اپنے پاپا کے ساتھ باتوں میں لگے ہوئے تھے۔

رطابہ نے خاموشی سے آنکھیں موند لیں اس کی بند آنکھوں کے اندر اتری تھکن انیس نے بھی نوٹ کی تھی تبھی اسے ڈسٹرب نہیں کیا

اور جب جہاز نے لاہور کے شاندار ایئرپورٹ پر لینڈنگ کی تو انیس نے ہولے سے

اس کا کندھا ہلا کر اسے جگایا۔

امیگریشن کے مراحل سے گزر کر ایئرپورٹ سے باہر قدم رکھتے ہی وہ دن بھر کی تھکن کو اپنے پیچھے ہی چھوڑ چلی۔

شہاب الدین اور وہاب الدین دو ہی بھائی تھے۔ شہاب الدین اور فاطمہ بیگم کا ایک ہی بیٹا رمیز تھا جب کہ وہاب الدین اور عابدہ بیگم کے دو بچے تھے۔

انیس اور کنزا، کنزا کی پیدائش کے کچھ ماہ بعد کچھ پیچیدگیوں کے سبب عابدہ بیگم کی ڈیتھ ہو گئی۔

عابدہ بیگم کی وفات کے بعد فاطمہ بیگم نے ہی تینوں بچوں کو ماں بن کر مشترکہ پیار اور توجہ سے پالا پوسا تھا۔

کنزا نا صرف اس گھر کی لاڈلی تھی بل کہ شہاب الدین اور فاطمہ بیگم کی آنکھوں کا تارا بھی تھی تبھی جوانی کی دہلیز پر قدم رکھتے اور اس کی تعلیم مکمل ہوتے ہی کنزا کو مستقل اپنے آنگن کا چمکتا تارا بنانے کا فیصلہ کرتے ہوئے اس کی شادی رمیز سے کر دی۔

وہاب الدین بھی شاید اپنی لاڈلی کی خوشیاں دیکھنے کے ہی منتظر تھے تبھی کنزا کو مطمئن اور خوش وخرم دیکھ کر اپنے ابدی سفر پر رخصت ہو چلے۔

دوسری طرف انیس کے آفس کی نئی برانچ کراچی میں کھلی تو انیس تبادلہ ہوتے ہی وہیں کا ہو رہا اور ویسے بھی تایا تائی کا گھر اب بہن کا سسرال بھی بن چکا تھا۔ اس لیے اس نے کراچی میں ہی مستقل رہائش اختیار کر لی، تاکہ بہن کے لیے بھی میکے کے نام پر گھر آباد رہے مگر شہاب الدین تو اس بات کے حق میں نہ تھے۔

انیس بھی تو ان کا بیٹا ہی تھا نا، پر اس کی ضد کے آگے بالآخر انہیں اور فاطمہ بیگم کو ہار ماننے ہی بنی۔

رطابہ انیس کے کولیگ کی کزن تھی جسے اس نے اپنی پسند اور تایا تائی کی رضامندی سے اپنی زندگی میں شامل کیا تھا۔

رطابہ ایک مشہور یونیورسٹی میں مائیکروبائیولوجی ڈیپارٹمنٹ میں لیکچرار تھی، شادی اور دو بچوں کی پیدائش کے بعد بھی اس نے جاب نہیں چھوڑی۔

ویسے بھی رطابہ کو روایتی سسرال کا سامنا ہی کرنا پڑا تھا۔

اولاً تو اس کا سسرال کراچی میں موجود ہی نہ تھا اور جو مختصر سسرالی تھے بھی تو وہ لاہور میں آباد تھے بس عید تہوار پر ہی چند دنوں کے لیے جانا ہوتا اور وہ بھی ہنسی خوشی کے ساتھ۔

ہمیشہ کی طرح رطابہ کا لاہور میں بڑے تپاک سے استقبال ہوا تھا۔ آخر کو وہ اس گھر کی بہو بھی تھی تو کنزا کا میکہ بھی، رطابہ سب سے مل ملا کر کچن میں چلی آئی جہاں کنزا بھی موجود تھی۔

"ارے بھابھی! آپ کچن میں کیوں چلی آئیں؟ آپ لاؤنج میں بیٹھیے، تھوڑا ریسٹ کر لیجئے سفر کر کے آئی ہیں تھک گئی ہوں گی نا۔۔۔"

کنزا نے اس کی وہاں آمد پر مسکرا کر کہا "کیسی باتیں کر رہی ہو کنزا، میں کوئی مہمان تھوڑی نا ہوں اور رہی بات سفر کی تو بہت آرام دہ سفر طے کر کے آئی ہوں۔۔۔"

رطابہ نے کھکھلاتے ہوئے بشاش لہجے میں کہا اور ساتھ ہی سلیب پر رکھے دہی کے باؤل کو اٹھاتے ہوئے رائتے کے لیے دہی پھینٹنے لگی۔ "ماشاءاللہ میرے بیٹے اور بہو کے آنے سے تو گھر میں رونق سی آگئی ہے۔" فاطمہ بیگم بھرے پورے ڈائننگ ٹیبل کو دیکھ کر محبت بھرے لہجے میں بولیں۔

"ممی، اٹس ناٹ فیئر یہاں جو آپ کا بیٹا اور بہو رہتے ہیں کیا ان کے دم سے رونق نہیں

ہوتی۔۔۔؟"

رمیز نے مصنوعی ناراضگی سے منہ بسورا۔

"ارے میرے چاند تاروں تم لوگوں ہی کے دم سے تو رونق ہے اور جب انیس اور رطابہ بھی بچوں سمیت آتے ہیں تو یہ رونق اور بڑھ جاتی ہے۔۔۔"

انہوں نے اپنے برابر میں بیٹھے انیس کی بلائیں لیں۔

"ارے بھابھی آپ کیوں ان کاموں میں لگی ہوئی ہیں۔۔۔ کنزا ہے نا وہ سب کرے گی۔۔۔"

رمیز کی نظر رطابہ پر پڑی جو فرائیڈ رائس کی ٹرے تھامے ڈائننگ ٹیبل کی سمت ہی آرہی تھی۔ "کیوں رمیز بھائی، میں یہ سب کام کیوں نہیں کر سکتی؟ آخر کو میں بھی اس گھر کی بہو ہوں اور بہوئیں تو کام کرتے ہوئے ہی اچھی لگتی ہیں۔۔۔"

رطابہ نے شوخی سے رمیز کو جواب دیا تو سب کے چہروں پر مسکراہٹ بکھر گئی۔

کنزا نے کھانے پر اچھا خاصا اہتمام کیا تھا، آخر کو اس کا لاڈلا بھائی اور سہیلیوں جیسی بھابھی جو آئے ہوئے تھے۔

"حماد! چھوٹے بھائی کو دیکھو کیسے چپ چاپ آرام سے کھانا کھا رہا ہے اور آپ اتنے بڑے ہو کر مجھے تنگ کر رہے ہو۔۔۔"

حماد جو کھانے کے معاملے میں کافی چوذی تھا اب بھی فرائیڈ رائس میں موجود مٹر کے دانوں کو دیکھ کر کھانے سے انکاری تھا، جسے کنزا نے ڈپٹتے ہوئے انعام کی مثال دی۔

"ہاں بیٹا! اپنے انیس کے بچے ماشاء اللہ بہت سلجھے ہوئے اور تمیز دار ہیں، اب بھی دیکھو ذرا کتنی خاموشی سے کھانا کھا رہے ہیں، مجال ہے جو ماں کو ذرا بھی تنگ کیا ہو۔۔۔"

شہاب الدین صاحب نے بچوں کی تعریف کی۔

"جی پاپا، یہ بات تو آپ نے بالکل ٹھیک کہی، بھابھی نے بچوں کی پرورش بہت اچھے انداز سے کی ہے حالاں کہ وہ جاب بھی کرتی ہیں پھر بھی گھر کو بہت اچھے سے manage کیا ہے۔۔۔"

رمیز نے بھی کھلے دل سے سراہا، رطابہ کا سر فخر سے اونچا ہو چلا جیسے اُسے آسکر ایوارڈ ملا ہو، سسرال میں تعریفی جملے سننا اور وہ بھی اپنے بچوں پر کی جانے والی تربیت کے حوالے سے یہ ہر بہو کا ہی خواب ہوتا ہے اور اب وہی خواب حقیقت بن کر اس کے سامنے تھا تو کیوں نا اس کا سر فخر سے بلند ہوتا۔

بہت ہی خوش گوار موڈ کے ساتھ ڈنر کیا گیا جہاں انیس کو یہاں آکر اپنے پیرنٹس کی کمی محسوس نہ ہوئی وہیں رطابہ کو بھی یہاں آکر جوائنٹ فیملی کو انجوائے کرنے کا موقع مِلا۔

اب بھی سب بڑے ٹی وی لاؤنج میں ڈنر سے فارغ ہو کر بیٹھے تھے، انیس اور رطابہ اپنے ہمراہ لائے گئے تحائف سب کو دینے کے بعد اب باتوں میں مشغول تھے جب کہ ٹی وی لاؤنج سے ذرا فاصلے پر پیچھے کارپٹ پر بچے اپنے کھلونوں کے ہمراہ اپنی دنیا سجائے کھیلنے میں مگن تھے۔

رمیز اور کنزا کے تین بچے تھے آٹھ سالہ حماد پھر عتیقہ جو چھ سال کی تھی اور پھر سب سے چھوٹا ڈھائی سالہ عباد جب کہ رطابہ اور انیس کے دو ہی بچے تھے۔

چھے سالہ انعام جو عتیقہ کا ہی ہم عمر تھا اور چار سالہ انوشہ بڑے سبھی خوش گپیوں میں مگن تھے، جبھی یک دم شور سا اٹھا اور رونے کی آواز پر سبھی بڑے بچوں کی طرف متوجہ ہوئے۔

"کیا ہوا بچو۔۔۔؟"

شہاب الدین کے استفسار پر عتیقہ نے رونی صورت بنائے روٹھے ہوئے لہجے میں شور

کی وجہ بتائی۔

"دادا جی! انعام نے میری ڈول توڑ دی۔۔۔" ثبوت کے طور پر عتیقہ نے اپنے دونوں ہاتھ آگے کیے جس میں ایک ہاتھ میں ڈول کا سر جبکہ دوسرے ہاتھ میں ڈول کا بقیہ دھڑ تھا۔

"بُری بات انعام، آپ نے بہن کی ڈول کیوں توڑی۔۔۔؟"

انیس نے تنبیہہ انداز میں ڈپٹا روتا ہوا انعام بھاگ کر اپنی مما کی گود میں آسمایا۔

"مما، میں نے کچھ نہیں کیا، مما غلطی سے ڈول ٹوٹ گئی۔ میں bad boy نہیں ہوں نا؟ مم۔۔۔ مما۔۔۔ مما۔۔۔ سوری۔۔۔

انعام رونے کے ساتھ ساتھ اپنی صفائی بھی دینے لگا۔

"بیٹا! کوئی بات نہیں، میں عتیقہ کو نئی ڈول لا دوں گا، آپ رو نہیں۔۔۔" رمیز نے پیار سے پچکارا

"ہاں انعام، یہ ڈول تو اولڈ ہو گئی تھی، پاپا عتیقہ کو نیو ڈول لا دیں گے۔ تم رو مت، چلو آؤ ہم کرکٹ کھیلتے ہیں۔۔۔" حماد نے بھی اسے رونے سے باز رکھنا چاہا پر وہ مسلسل روتا ہی رہا۔

"م۔۔۔ مم۔۔۔ مما۔۔۔ میں bad boy نہیں ہوں، مما سوری، مجھے punish نہیں کریں گی نا؟ مما میں bad boy نہیں، مجھے اسٹور روم میں بند نہیں کریں گی نا۔۔۔؟"

انعام کا مسلسل رونا اور اس کی باتیں جہاں سب بڑوں کو حیران کر رہی تھیں وہیں انیس اور رطابہ بھی اپنے بیٹے کے رویے کی وجہ سے پریشان ہو رہے تھے۔

رطابہ اسے چپ کروانے اور بہلانے کی ناکام سی کوشش میں لگی ہوئی تھی۔

مسلسل رونے سے انعام کی ہچکی بندھ چلی تھی تبھی انیس نے آگے بڑھ کر اپنے بیٹے کو

گود میں اٹھالیا۔

"میرا انعام تو بہت سٹرونگ ہے، بالکل spider man کی طرح، وہ تو good boy ہے نا۔۔۔ وہ اب اسے بہلانے لگے۔

اپنے پاپا کی گود میں آکر کسی حد تک انعام کا رونا کم ہو چکا تھا۔

"چاچو! آپ کو پتہ ہے، انعام کو بہت اچھی ڈرائنگ بنانی آتی ہے۔۔۔"

انیس نے رمیز کو مخاطب کیا۔۔۔

"ارے واہ! پھر تو میرا انعام اپنے چاچو کو ڈرائنگ بنا کر دکھائے گا۔" حماد بیٹا جاؤ آپ ڈرائنگ بُک لے آؤ۔۔۔"

رمیز نے بھی انعام کا دھیان بٹانا چاہا۔ ڈرائنگ بُک آنے تک اس کا رونا بند ہو چکا تھا اور اگلے کچھ منٹوں بعد وہ پھر سے بچوں کے ساتھ کھیلنے میں مگن ہو چلا تھا۔

"بھابھی! وہاں بھی انعام یونہی چھوٹی چھوٹی باتوں پر روتا ہے۔۔۔؟"

پاس بیٹھی کنزا نے دھیمے لہجے میں رطابہ سے پوچھا جواباً رطابہ نے نفی میں سر ہلایا وہ کہتی بھی کیا اس کے پاس تو جواب ہی نہ تھا۔

رات کچھ اور گذری تو شہاب الدین تو سونے چل دیئے جب کہ فاطمہ بیگم کو بھی نیند کی گولی لینے کی وجہ سے اب غنودگی ہونے لگی تو وہ بھی سونے کی غرض سے چل دیں۔ رمیز اور انیس واک پر نکل گئے جب کہ بچے اب کارٹون دیکھنے میں مصروف تھے۔

رطابہ کنزا کے ہمراہ ہی کچن میں چلی آئی تا کہ کچن سمیٹنے میں اس کی مدد کر سکے۔

"بھابھی کبھی کبھی میں سوچتی ہوں کہ میں کتنی لکی ہوں نا اگر میرے رب نے مجھ سے میرے ماں باپ کو جدا کیا تو مجھے ان گنت رشتوں سے نواز دیا، شوہر اتنا پیار کرنے والا ملا، سسرال ہوں یا میکہ دونوں ہی ایک ملا اور بھابھی کے روپ میں اتنی اچھی سی فرینڈ

ملی۔۔۔"

رطابہ جو دھلے ہوئے برتنوں کو خشک کر کے ریک میں رکھ رہی تھی کنزا کی بات پر اس کی جانب متوجہ ہوئی جس کے لہجے میں تشکر اور آنکھوں میں آنسو کے ننھے ننھے قطرے جھلملا رہے تھے۔

"پرُخلوص لوگوں کو بھی ہمیشہ اچھے لوگوں کی ہم راہی ہی نصیب ہوتی ہے، اور لکی تو میں ہوں جو مجھے اتنی اچھی جیٹھانی اور نند ملی ہے جو دونوں ہی روپ میں سگی بہنوں سے بڑھ کر ہے۔۔۔"

رطابہ نے پیار سے اس کو خود سے لگاتے ہوئے کہا۔۔۔

"مما۔۔۔ نینی آئی ہے۔۔۔" تبھی آنکھیں مسلتی انوشہ وہاں چلی آئی تو وہ اسے گود میں اٹھائے سلانے چل دی۔

وہ بچوں کو سلانے میں مصروف تھی جبھی کنزا بھی کچن سے فراغت کے بعد وہیں چلی آئی۔

"بھابھی آپ کو وہ بات بُری تو نہیں لگی۔۔۔؟"

پاس بیٹھتے ہوئے اس نے پوچھا۔

"کون سی بات۔۔۔؟" رطابہ جو سوئے ہوئے انعام کے بالوں میں ہاتھ پھیر رہی تھی۔ کنزا کی بات پر چونکی۔

"وہی جو میں نے آپ سے انعام کے رونے سے متعلق پوچھی تھی۔۔۔"

ارے نہیں! میرے تو وہم و گمان میں بھی نہیں، تم بھی کیا چھوٹی چھوٹی باتوں کو خود پر اتنا حاوی کر لیتی ہو، مجھے تو لگتا یہ بھی اپنی پھوپھو پر ہی گیا ہے۔۔۔

رطابہ نے ہنستے ہوئے ہلکے پھلکے انداز میں جواباً کہا

۔۔۔۔۔۔نہیں بھابھی یہ بات چھوٹی تو نہیں میں نے پہلے بھی نوٹ کیا ہے۔۔۔

"کنزا، یہ تمہارا وہم ہے اور کچھ نہیں ورنہ ماشاء اللہ میرے بچے بہت سمجھ دار ہیں۔۔۔"

رطابہ نے سوئے ہوئے انعام کی پیشانی کو چوما تو کنزا نے بھی خاموش ہو جانے میں ہی عافیت جانی۔

اگلا ویک اینڈ تھا اس لیے سب نے آؤٹنگ کا پروگرام بنایا۔ اس وقت بھی وہ سب پارک میں آئے ہوئے تھے کھلی ہوا، سر سبز گھاس کا قالین اور مختلف جھولے بچے بھی بہت خوش تھے تو بڑے بھی خوش، انیس کو آفس سے آنے کے بعد شاذونادر ہی یہ موقع مل پاتا کہ وہ بچوں کے ہمراہ کہیں آجا سکے۔

"ملا کی دوڑ مسجد تک" کے مصداق عید تہوار یا کسی خاص موقع پر وہ کراچی سے لاہور تک آنے میں ہی اپنی تفریح سمجھتے جبکہ رطابہ کی تو مصروفیت ہی کچھ ایسی تھی کہ سنڈے بھی کب آکر دبے پاؤں گزر جاتا۔ پتہ ہی نہ چلتا۔

شہاب الدین صاحب سب بچوں کے لیے کون آئس کریم لے آئے تو بچے جو کچھ دیر پہلے کھیلنے میں مگن تھے اب تھامے کون آئس کریم تھا اِدھر اُدھر بھاگنے لگے۔

"بچّو بھاگو مت آئس کریم گر جائے گی پہلے آئس کریم ختم کر لو پھر کھیلنا۔۔۔"

کنزا کی نظر ان پر پڑی تو وہ ٹوکے بنا نہ رہ پائی۔

مگر بچوں نے سنی ان سنی کرتے ہوئے اپنی بھاگ دوڑ جاری رکھی تو وہ بھی اپنی ساس اور بھابھی کے ساتھ پھر سے باتوں میں مشغول ہو گئی۔

"دیکھا گر گئی نا آئس کریم، پھپھو نے منع بھی کیا تھا بھاگو مت۔۔۔"

انیس کی آواز پر تینوں نے پلٹ کر اس سمت دیکھا جہاں کچھ دیر پہلے بچے آئس کریم

تھامے بھاگ دوڑ کر رہے تھے اب وہاں سبھی بچے منہ بسورے کھڑے تھے جب کہ گھاس پر کون آئس کریم گری ہوئی تھی جو عتیقہ اور انوشہ کی تھی اور کچھ آئس کریم انوشہ کے فراک پر بھی گری ہوئی تھی۔

انوشہ بھاگتے ہوئے عتیقہ سے ٹکرائی تھی اور عتیقہ اپنا توازن برقرار نہ رکھ پائی جس کے سبب اس کی آئس کریم انوشہ کے فراک اور گھاس پر گر گئی جہاں انوشہ کی بھی بچی کچی آئس کریم گری ہوئی تھی۔

اگلے ہی پل پھر سے وہ بات ہوئی جس کی کسی کو امید بھی نہ تھی۔

منہ بسورتی روتی انوشہ دوڑ کر ان کی طرف آئی اور اپنی مما کی گود میں منہ چھپائے زار وزار رونا شروع ہو گئی۔

سبھی کا خیال تھا آئس کریم گر جانے کی وجہ سے رو رہی ہے۔

"پھپھو کی جان، پاپا آپ کو ایک اور آئس کریم دلا دیں گے، چلو شاباش رونا بند کرو۔۔۔"

کنزا نے رطابہ کی گود میں چھپی انوشہ کے بالوں کو سہلاتے ہوئے اسے اپنی گود میں لینے کی کوشش کی مگر وہ آنے کے بجائے اور تیزی سے رونا سٹارٹ کر چکی تھی اور رونے کے ساتھ ساتھ اب باقاعدہ کانپ بھی رہی تھی۔

"چندا، میری گڑیا، کیا ہوا بیٹا۔۔۔؟" رطابہ نے اسے اپنی بانہوں میں سمیٹا۔

"انو، مائے پرنسس چاچو آپ کو ایک اور آئس کریم دلائیں گے وہ بھی چاکلیٹ والی بس۔۔۔" رمیز نے بھی اسے چپ کروانے کی کوشش کی۔

"مما! آپ عشا تلو گی میں نے تچھ نہیں کیا۔۔۔"

وہ روتے ہوئے ہچکیوں کے ساتھ توتلی زبان میں بولی۔

"نہیں مما کی جان، مما اپنی پرنسس کو غصہ نہیں کریں گی، شاباش! اب چپ ہو جاؤ میرا بیٹا۔۔۔" رطابہ نے اسے اپنی گود میں بٹھایا اور پیار سے اس کے آنسو پونچھتے ہوئے کہا۔

"مما، آپ عشا نہیں تلنا، آئش کریم میں نے نہیں ڈرائی، مما شولی۔۔۔ آپ۔۔۔ اشٹور میں بند نہیں تلنا۔۔۔

وہ روتے ہوئے مسلسل بولے بھی جا رہی تھی۔ "ادھر آؤ چاچو کے پاس۔۔۔" رمیز نے آگے بڑھ کر اسے گود میں اٹھایا اور ذرا فاصلے پر موجود آئس کریم پارلر کے پاس لے آیا انیس بھی اس کے ہمراہ تھے اور پھر دونوں نے مل کر بڑی مشکلوں سے اسے بہلایا تھا۔

رطابہ عجیب سی الجھن کا شکار تھی اس کی نگاہیں اپنے پاپا کی گود میں بیٹھی آئس کریم کھاتی انوشہ کے گرد طواف کر رہی تھی مگر دماغ کہیں اور ہی بھٹک رہا تھا۔

کنزا نے بھی اس کی غیر موجودگی محسوس کر لی تھی مگر فی الحال اسے ٹوکنا مناسب نہ لگا۔

گھر واپسی تک وہ یونہی کھوئی کھوئی عجیب سے خیالوں میں گھری ان کے تانے بانے بنتی رہی ڈنر تو باہر ہی کیا جا چکا تھا دونوں چھوٹے بچے گاڑی میں ہی سو گئے جب کہ تینوں بڑے بچے بھی اب نیند کے زیر اثر نظر آ رہے تھے انعام کے سونے کے بعد جب وہ کمرے سے نکل کر ٹی وی لاؤنج میں آئی تو کنزا کو اکیلے بیٹھے پایا۔

"یہ لوگ آج پھر واک پر چلے گئے۔۔۔؟"

اس نے کنزا کے برابر صوفے پر بیٹھتے ہوئے پوچھا۔

"جی بھابھی، ابھی تو باہر سے آئے تھے مگر پھر چل دیئے۔۔۔" کپڑوں کو تہ کرتے ہوئے کنزا نے جواب دیا۔ رطابہ بھی اس کی مدد کے خیال سے کپڑوں کو تہہ کرنے میں اس کا ہاتھ بٹانے لگی۔

"بھابھی ایک بات کہوں۔۔۔؟"

ہاں بولو، ایک کیا جتنی دل چاہے اتنی بات کہہ لو بھلا تمہیں اجازت لینے کی کیا ضرورت۔۔۔"

رطابہ نے پیار سے کہا۔

"بھابھی آپ کو نہیں لگتا انعام اور انوشے باقی بچوں سے مختلف ہیں، ان کی بہت سی عادتیں بھی، بچے تو چھوٹی موٹی شرارتیں کرتے ہنستے مسکراتے اچھے لگتے ہیں۔ ڈر سے سہمے بچے تو۔۔۔"

اس نے بات ادھوری چھوڑ کر رطابہ کو دیکھا کپڑے تہ کرتے رطابہ کے ہاتھ لمحہ بھر کو تھم سے گئے وہ کیا جواب دیتی وہ تو خود بہت سے سوالوں میں الجھی ہوئی تھی۔

"بھابھی کوئی بات ہے؟" کوئی پریشانی۔۔۔؟

کنزا نے گم صُم بیٹھی رطابہ کے ہاتھ پر اپنا ہاتھ رکھا تو وہ چونک گئی۔

پتا نہیں کنزا کیا بات ہے؟ مجھے تو خود کچھ سمجھ میں نہیں آرہا۔ ہم دونوں نے تو کبھی بچوں کو زور سے ڈانٹا تک نہیں کجا کہ اسٹور روم میں بند کرنا، مگر پتا نہیں کیوں بچے ہر بات بات پہ ایساری ایکشن دے رہے ہیں۔۔۔"

رطابہ نے بالآخر وہ بات کہہ ہی ڈالی جو اسے کب سے پریشان کر رہی تھی۔ "بھابھی آپ زیادہ پریشان نہ ہوں، بچے ابھی چھوٹے ہیں ذرا۔ ناسمجھ ہیں ہو سکتا ہے کوئی ڈر، کوئی بات ان کے ذہن میں گھر کر گئی ہو جو انہیں ڈسٹرب کر رہی ہو، پریشان ہونے کے بجائے ہمیں بچوں کی Mentality کو سمجھنا چاہیے، شاید کوئی سرا ہاتھ آجائے۔۔۔"

"ہوں" کنزا کی بات پر اس نے پرُسوچ انداز میں گردن ہلائی۔

اتوار کی رات ان کی واپسی تھی بہت ساری دعاؤں اور تحائف کے ہمراہ لدے وہ پھر

روشنیوں کے شہر میں آبسے۔

گھر آتے ہی اس نے پہلے بچوں کو سلایا کیوں کہ صبح اسکول بھی جانا تھا۔ پھر گھر کی ہلکی پھلکی ڈسٹنگ کر کے اس نے اپنے اور انیس کے ڈریس کے ساتھ بچوں کے یونیفارم بھی پریس کر کے ہینگ کیے اور ان سب کاموں سے فارغ ہو کر جب وہ روم میں آئی تو انیس دوسری اور کروٹ لیے سو چکے تھے، وہ بھی بیڈ کی دوسری سائیڈ خاموشی سے آکر لیٹ گئی پر نیند آنکھوں سے کافی دور تھی۔

ذہن بہت سے الجھے بکھرے تانے بانے سلجھانے میں لگا ہوا تھا کچھ عجیب سی بے زاری اور کسلمندی سی اس پر طاری تھی،

سکون کی بجائے روم روم میں تھکن اتری ہوئی تھی۔

رات بھر بستر پر کروٹ پہ کروٹ بدلنے کے سبب صبح اس کی آنکھ معمول سے ذرا لیٹ کھلی۔

اس نے اٹھ کر جلدی جلدی دو چار چھپاکے پانی کے منہ پر مارے اور ناشتہ بنا کر بچوں کو اٹھانے چل دی انہیں تیار کرانے تک انیس بھی آفس کے لیے ریڈی ہو چکے تھے،

وہ بچوں کو ناشتہ کرانے کے ساتھ ساتھ خود بھی سینڈوچ بطور بریک فاسٹ کھا کم اور نگل زیادہ رہی تھی۔

بچوں کو اسکول روانہ کرنے کے بعد وہ اپنی فائل اور پرس تھامے انیس کی ہمراہی میں ہی باہر نکلی پر روانہ ہونے سے پہلے وہ میڈ کو فون کرنا نہ بھولی تھی۔

انیس آفس جاتے ہوئے اسے بھی یونیورسٹی ڈراپ کر دیتے جب کہ واپسی میں وہ خود ہی چلی آتی، آج وہ اپنے مقررہ وقت سے پورے بیس منٹ لیٹ ہو چکی تھی اس لیے بغیر کسی سے ملے وہ سیدھی لیکچرز بنا کر کلاسز لینے چل دی وہ اپنے تمام لیکچرز سے فارغ ہوئی ہی

تھی کہ پیون نے اسے ڈین کا پیغام دیا۔

"میم نے، آپ کو میٹنگ روم میں بلایا ہے۔۔۔"

وہ اپنا پرس تھامے جب میٹنگ روم میں داخل ہوئی تو وہاں حسبِ معمول سبھی سٹاف موجود تھا ماسوائے نادیہ بشیر کے جو شاید آج غیر حاضر تھی۔

یہ بات سبھی نے بہ طور خاص نوٹ کی تھی کیوں کہ نادیہ بشیر کا شمار ریگولر لیکچرار میں ہوتا تھا، وہ بغیر کسی ایمر جنسی کے کبھی بھی absent نہ ہوتی تھی اور نہ ہی اپنا لیکچر چھوڑتی تھی۔

رطابہ سمیت سبھی سٹاف، اس اچانک بلائے جانے والی ایمر جنسی میٹنگ سے ناواقف ہی تھا۔

اس سے پہلے کہ رطابہ ہی کسی سے نادیہ بشیر کے بارے میں استفار کرتی میم زاہدہ ذکی کی آمد ہوئی۔

"آپ میں سے کن کن لیکچرار اور پروفیسر کی آج کی کلاسز compelte ہو چکی ہیں۔۔۔؟"

یہ میٹنگ جتنی غیر متوقع تھی اتنا ہی میم کا سوال بھی جواباً سب نے اپنی اپنی details بتائیں۔ تقریباً سبھی کے لیکچرز یا پریکٹیکل باقی ہی تھے ماسوائے رطابہ، اس کی لیب اسسٹنٹ سائرہ اور پروفیسر فرحت جہاں کے۔

اس وقت سبھی کے چہرے پر سوالیہ نشان تھے، سبھی آنکھوں ہی آنکھوں اور اشاروں میں باتیں کر رہے تھے۔

پر میم سے کچھ پوچھنے کی جسارت کسی میں نہ تھی، کیوں کہ میم کا موڈ بہت ہی سنجیدہ نظر آرہا تھا مگر میم کی اگلی بات نے تو گویا ان سب کو شاکڈ ہی کر دیا۔

"آج صبح لیکچرار نادیہ بشیر کے بیٹے کی اچانک ڈیتھ ہوگئی۔ صبح وہ یونیورسٹی آرہی تھیں کہ یہ افسوس ناک خبر ملتے ہی وہ راستے سے ہی گھر چل دی۔

مجھے یہ بات ابھی معلوم ہوئی میں وہیں جارہی ہوں سوچا آپ میں سے جن ٹیچرز کے لیکچرز وغیرہ ہوچکے ہوں ان کو بھی ساتھ لے لوں۔۔۔"

میم زاہدہ ذکی نے اس ہنگامی میٹنگ کی جو وجہ بتائی وہ سبھی کے لیے افسوسناک اور کسی شاکڈ سے کم نہ تھی۔

سٹاف کے سبھی ممبرز نادیہ بشیر کے ہاں تعزیت کے لیے جانا چاہتے تھے مگر ابھی کلاسز آف نہیں ہوئی تھیں جو اٹینڈ کرنا بھی ضروری تھی کیوں کہ سیمسٹرز قریب تھے اس لیے باقی سب نے جانا مؤخر کر دیا۔ جب کہ رطابہ لیب اسسٹنٹ سائرہ اور پروفیسر فرحت جہاں میم کے ہمراہ ہی نادیہ بشیر کے گھر تعزیت کے لیے روانہ ہوئے جہاں ایک کہرام مچا ہوا تھا۔

نادیہ کا تو رو رو کر بُرا حال ہوچکا تھا۔ رو رو کے نڈھال ہوتی نادیہ کو اس کی ماں سنبھالنے کی کوشش کر رہی تھیں ہنستے کھیلتے بچے کے یوں اچانک ڈیتھ کی وجہ اب تک معلوم نہ ہو پائی تھی۔

بالآخر میم زاہدہ ذکی نے ہی پاس بیٹھی ایک خاتون سے دریافت کیا۔

"بہن جی، مُنّے کو کیا ہوا تھا، کیا بیمار تھا۔۔۔؟"

"اے بہن کاہے کی بیماری، لاپرواہی کے لیے لاپرواہی۔۔۔ اچھا بھلا ہنستا کھیلتا بچہ یوں دیکھتے ہی دیکھتے لقمہ اجل بن گیا، کہنے کو گھر میں اتنے لوگ ہیں پر ایک بچے کو نہ سنبھال سکے۔۔۔"

اس خاتون نے غمگین سے لہجے میں جواب دیا۔

" صحیح کہتے ہیں لوگ ماں تو ماں ہوتی ہے، ماں جیسی دیکھ بھال کوئی بھی نہیں کر سکتا اگر ماں اپنے بچے کی خود دیکھ بھال کر رہی ہوتی تو یہ نوبت ہی نہ آتی مگر اُسے تو اوروں کے بچوں کے مستقبل کی فکر پڑی تھی۔۔۔"

برابر میں بیٹھی ایک اور خاتون نے طنزیہ لہجے میں کہا

"پر ہوا کیا تھا۔۔۔؟" میم زاہدہ ذکی نے پھر سے اپنا سوال دہراتے ہوئے پوچھا۔

"وہی تو بتا رہی ہوں بہن جی"

وہ خاتون تھوڑا پاس کِھسکی۔۔۔

"ماں تو صبح پڑھانے نکل جاتی اور بچے کو سونپ جاتی تائی اور دادی کے حوالے، اب دادی تو خود جوڑوں کی مریضہ اور رہی تائی تو اسے اپنے کاموں اور بچوں سے فرصت کہاں، سارا دن بچہ بن ماں کے بچوں کی طرح روتا اور بلکتا رہتا۔

نادیہ کے آنے کے ٹائم تک روتے بلکتے یونہی سو جاتا۔

آج بھی نادیہ کے جاتے ہی اپنی تائی کے پیچھے پیچھے اوپر کی سیڑھیاں چڑھنے گیا اور وہیں سے پیر پھسل گیا، جب تک سب اکٹھے ہوئے تب تک بچے کی سانسیں ہی تھم گئیں۔

ہائے ہائے بڑا افسوس ہوا ہمیں تو اور نادیہ کو شاباش ہے بھئی وہ کہتے ہیں نا گھر کے پیروں کو تیل کا ملیدہ۔۔۔"

اس پڑوسی خاتون نے ہاتھ مسلتے ہوئے اس افسوسناک واقعہ کی تفصیل بتائی۔

تدفین نماز ظہر کے بعد تھی وہ لوگ تدفین تک وہاں رُکے رہے۔ نڈھال ہوتی نادیہ کو اپنا ہی کوئی ہوش نہ تھا، روتی کُرلاتی نیم جاں نادیہ بار بار بے ہوش سی ہو کر اپنی ماں کی گود میں جھول جاتی، آخر اس نے تو اپنا لختِ جگر کھویا تھا جو اُس کے وجود کا حِصّہ تھا، اس ماں کا دکھ کسی کو نظر آیا یا نہیں مگر سب کو قصور اسی ماں کا دکھ رہا تھا۔

جتنی دیر تک وہ لوگ وہاں موجود رہے۔ ہر زبان کی نوک پر ماں کے لیے ہی طنز و طعنے ہی تھے جنہیں سن سن کر رطابہ سخت بد دل ہو رہی تھی۔

اس کے لیے تو اب اس کا دِل آزار ماحول میں بیٹھنا دوبھر ہو رہا تھا۔ پہلے ہی رات سے اس کا سر بھاری سا ہو رہا تھا۔ اوپر سے یہ افسوس ناک خبر سن کر طبیعت اور بوجھل سی ہو گئی۔

میم زاہدہ ذکی نے بھی یہ بات نوٹ کی تھی تبھی واپسی میں اسے اس کے اپارٹمنٹ کے گیٹ پر ہی ڈراپ کر دیا۔

"مس آپ کی طبیعت کچھ ٹھیک نہیں لگ رہی take rest you will feel better"

اپارٹمنٹ کی ہر سیڑھی پر قدم رکھتے اس کا دل اور بوجھل سا ہو جاتا۔

نظروں کے سامنے بار بار اس روتی بلکتی ماں کا چہرہ آ جاتا تو دماغ سے کچھ دن پہلے ہنستی مسکراتی نادیہ کا عکس محو نہ ہوتا۔

زندگی واقعی بہت بے رحم ہے یا پھر یہ دنیا بہت ظالم جو تھوڑی بھی بے احتیاطی اور لاپرواہی برداشت نہیں کر پاتی وہ فیصلہ نہ کر پائی۔

"وقت کرتا ہے برسوں پرورش، حادثہ اک دم نہیں ہوتا"

اپنے ذہن و دل میں جاری جنگ لڑتے سیڑھیاں چڑھتے اس نے ریسٹ واچ میں ٹائم دیکھا، پونے دو ہو رہے تھے۔

سکول سے دونوں بچے ایک بجے تک آ ہی جاتے تھے اور ابھی میڈ نے انہیں کھانا کھلا کر سلا دیا ہو گا۔

وہ اندازے لگانے لگی عموماً اس کی واپسی ساڑھے تین کے بعد ہی ہوتی تھی، اور جب

وہ گھر پہنچتی تو میڈ بچوں کو سلا چکی ہوتی تھی، میڈ کو رخصت کرنے کے بعد وہ بھی فریش ہو کر کچھ دیر سستانے کی غرض سے لیٹ جاتی اور پھر عصر کے بعد ہی بچوں کو جگاتی تھی، اس کے بعد ان کو ہوم ورک کرانا، رات کے لیے ڈنر بنانے اور گھر کے دیگر چھوٹے موٹے کاموں میں کب دن گذر جاتا اسے پتہ ہی نہ چلتا۔ بچوں کی نیند خراب ہونے کا سوچ کر اس نے بیل بجانے کی بجائے ڈپلیکیٹ key سے فلیٹ کا ڈور کھولا اور دبے پاؤں خاموشی سے اندر داخل ہو گئی مگر اس کے تمام اندازے دھرے کے دھرے رہ گئے۔

فلیٹ میں داخل ہوتے ہی اندر کا منظر دیکھ وہ ششدر سی رہ گئی۔

لاؤنج میں موجود ٹیلی فون سیٹ سے میڈ نا جانے کس سے باتیں بگھارنے میں مگن تھی جب کہ پاس ہی ڈری سہمی انوشہ ننھے ننھے ہاتھوں سے اپنے اور بھائی کے کپڑے تہ کرنے کی ناکام سی کوشش میں ہلکان ہو رہی تھی۔

"ٹھیک سے کرو۔۔۔"

بات کرتے کرتے یک دم میڈ چنگھاڑی اور اس کی معصوم سی ننھی کلی ڈر کر سہم سی گئی۔

"یہ کیا ہو رہا ہے؟"

وہ اپنا پرس وہیں کارپیٹ پر پھینک کر سرعت سے آگے بڑھی اور انوشہ کو گود میں اٹھا لیا۔

"وہ میم۔۔۔ م۔۔۔ آپ۔۔۔ پ۔۔۔؟" میڈ گھبراہٹ کے مارے جلدی سے ریسیور رکھ کر اٹھ کھڑی ہوئی۔ رطابہ کو اپنے سامنے اور وہ بھی مقررہ وقت سے پہلے دیکھ کر وہ گھبرا گئی۔

یہ تم میرے بچوں کے ساتھ کیا کروا رہی ہو؟ تمہیں بچوں کے لیے رکھا تھا یا بچوں

سے کام کروانے کے لیے۔۔۔؟"

وہ غضب ناک لہجے میں چیخی اس کا بس نہیں چل رہا تھا کہ وہ اس کے ساتھ کیا کچھ کر ڈالے۔

"اور یہ انعام کہاں ہے۔۔۔؟" رطابہ نے آس پاس نظریں دوڑائیں مگر جواب میں خاموشی ملی۔

"میں نے کچھ پوچھا ہے تم سے، کہاں ہے میرا بیٹا۔۔۔؟"

اب کی بار اس نے اور زور سے چلا کر پوچھا۔

"وہ۔۔۔ میم۔۔۔ وہ۔۔۔ہ۔۔۔ دراصل۔۔۔ وہ۔۔۔" جواب دینے کے بجائے نظریں جھکائے وہ منمنائی۔

"گڑیا بیٹا، آپ بتاؤ بھیا کہاں ہیں۔۔۔؟"

رطابہ نے اپنی گود میں موجود ڈری سہمی انوشہ سے پیار سے پوچھا، انوشہ نے سہم کر پہلے خاموش کھڑی میڈ کی طرف دیکھا اور پھر ڈرتے ڈرتے سٹور روم کی سمت اشارہ کیا۔

"مما بھیا اشٹور میں۔۔۔"

"سٹور روم میں" رطابہ بڑبڑائی اور اپنی گود میں موجود انوشہ کو وہیں صوفے پر بیٹھا کر تیزی سے سٹور روم کی جانب بڑھی جس کا ڈور باہر سے لاک تھا، لاک کھول کر جونہی وہ اندر بڑھی تو گھٹاٹوپ اندھیرے نے اُس کو خوش آمدید کہا۔

"ہائے میرا بچہ" اس نے دل پر ہاتھ رکھ لیا۔ دبی دبی سسکیوں نے اس کے رہے سہے اوسان بھی خطا کر دیئے۔

سٹور روم کے اندھیرے میں قید دونوں ہاتھوں کو اپنے پیروں کے گرد لپیٹے منہ چھپائے وہ روتا ہوا وجود کوئی اور نہیں اس کے ہی جسم کا ہی حصہ تھا۔

وہ تیزی سے آگے بڑھی اور انعام کو پکارا۔ اپنے نام کی پکار پر انعام نے سر اٹھا کر بے یقینی سے اپنی مما کی طرف دیکھا، رطابہ کو لگا وہ ابھی اُٹھ کر بھاگ کر اس کے گلے لگ جائے گا مگر اگلے ہی پل انعام کی حرکت نے اسے تذبذب میں مبتلا کر دیا۔

"مما، میں hide & seek کھیل رہا تھا۔۔۔"

وہ رونا بھول کر تیزی سے دونوں ہاتھوں سے روئی آنکھیں وہ بھیگا چہرہ صاف کر کے زبردستی کی مسکراہٹ چہرے پر سجائے جلدی سے بولا،

رطابہ اسے کچھ کہنے یا پوچھنے کے بجائے اس کا ہاتھ تھامے اسٹور روم سے باہر چلی آئی۔

"آیا آنٹی وہ، میں نے مما کو کچھ نہیں بتایا، مما خود آ گئیں۔۔۔"

سٹور روم سے باہر نکلتے ہی انعام کی نظر سامنے کھڑی میڈ پر پڑی تو یک دم وہ گھبراتے ہوئے بولا:

"اب تم، سب سچ بتاؤ گی یا میں پولیس کو بلاؤں؟ بچوں پر تشدد کے جرم میں تمہیں جیل ہی ہو گی۔۔۔"

اس نے اپنے اُبلتے ہوئے غصے پر حتی الامکان قابو کرتے ہوئے میڈ سے باز پرس کی۔

"میم۔۔۔ م۔۔۔ وہ دراصل، انعام کافی ضدی ہوتا جا رہا ہے تو میں نے بس یونہی تھوڑی punish دے دی، بچوں کو تھوڑی بہت ڈانٹ بھی ضروری ہوتی ہے نا میم۔۔۔"

میڈ کی بات سن کر اس کے اندر کا ابال کسی جوالہ مکھی کی طرح پھٹا۔

"اس سے پہلے کہ میں تمہارے خلاف کوئی ایکشن لوں، فوراً یہاں سے دفع ہو جاؤ۔۔۔"

رطابہ اپنے مزاج کے برعکس زور سے چلائی تھی۔ دونوں بچے بھی ماں کا یہ روپ دیکھ

کر سہمے ہوئے تھے۔

"میم سوری۔۔۔ غلطی ہو گئی، مجھے معاف کر دیں، nextایسا نہیں ہو گا۔۔۔" میڈ نے تیزی سے آگے آکر اپنے دونوں ہاتھوں کو جوڑا

میں نے کیا کہا، سنا نہیں تم نے؟ اب اگر تم میرے گھر سے نہیں گئی تو میں گارڈز کو بلاؤں گیjust go۔"

رطابہ کا غصہ عروج پر تھا جسے دیکھ کر میڈ نے بھی خاموش ہو جانے اور باہر کی سمت جانے میں ہی عافیت سمجھی جب کہ رطابہ نڈھال سی وہیں صوفے پر ڈھ سی گئی، مگر اگلے ہی پل اسے بچوں کا خیال آیا جو اس کے آس پاس ہی ڈر سے سہمے بیٹھے تھے۔

اس نے آگے کو ہو کر دونوں بچوں کو اپنی ممتا کے آغوش میں لے لیا۔

"بیٹا ڈرنے کی ضرورت نہیں، وہ آیا آنٹی چلی گئیں، پھر کبھی واپس نہیں آئے گی، اب میرے بچوں کو کوئی نہیں ڈانٹے گا۔۔۔"

رطابہ نے دونوں بچوں کو باری باری پیار کرتے ہوئے کہا۔

"مما اب توئی اشٹور میں بھی بند نہیں تلے گا۔۔۔؟"

انوشہ نے اپنی چھوٹی چھوٹی آنکھوں کو جو کہ ڈر کے سبب بڑی ہو چکی تھیں ان کو پٹ پٹا کر پوچھا۔

"ہاں میری گڑیا، اب میرے بچوں کو کوئی نہیں ڈانٹے گا اور نہ ہی سٹور روم میں بند کرے گا، آج سے اب مما ہی آپ کے پاس رہیں گی۔۔۔"

اس نے اپنی ننھی پری کے گلابی گالوں کو چوما اپنی مما کی بات سن کر دونوں بچوں نے اطمینان سے اس کی گود میں سر رکھ دیا۔

"بیٹا، آپ نے اور گڑیا نے کھانا کھایا۔۔۔؟" یک دم اسے بچوں کی بھوک کا خیال

ستایا۔

"جی مما، ہم نے نوڈلز کھائے تھے مما اب نیند آرہی ہے۔۔۔"

رطابہ نے غور سے انعام کی روئی روئی آنکھوں کو دیکھا جو رونے اور نیند کے سبب ہلکی ہلکی سرخ ہورہی تھیں۔

"آجاؤ میرا بچہ، مما آپ دونوں کو سلائیں گی۔۔۔" رطابہ انوشہ کو گود میں اٹھائے اور انعام کے گرد اپنا بازو لپیٹے دونوں بچوں کو لیے روم میں چلی آئی۔ بیڈ پر دونوں بچوں کو اپنے دائیں بائیں سلا کر وہ پیار سے تھپکنے لگی۔

"میرے بچے تو بہت strong ہیں نا۔۔۔" بچوں کو پچکارتے ہوئے ان کا ڈر کم کرنے لگی۔

"مما، آپا آنٹی بہت گندی تھیں، وہ ہمیں ڈانٹ کر سٹور روم میں لاک کر دیتی تھیں اور پھر کہتیں تھیں اگر ہم نے مما یا پاپا سے complain کی نا تو وہ bad بچوں کی طرح ہمیں بھی کسی witch کے حوالے کر دے گی، مما اب تو وہ کبھی نہیں آئے گی نا۔۔۔؟"

برابر میں لیٹے انعام نے اپنا سر اٹھا کر اپنی مما کی طرف دیکھتے ہوئے پوچھا۔

"نہیں مائے پرنس، اب وہ کبھی نہیں آئے گی، کبھی بھی نہیں۔۔۔" اس نے دونوں بچوں آغوش میں سمیٹ لیا، ممتاز کے لمس کا احساس تھا یا آپا کے چلے جانے کا اطمینان دونوں ہی بچے اب کسی حد تک پرسکون ہو چکے تھے۔

وہ دھیرے دھیرے پیار سے دونوں بچوں کے بالوں کو بھی سہلا رہی تھی اور انہیں لوری گا کر سلا بھی رہی تھی۔

کیا معلوم کتنا وقت یونہی سرک گیا۔ رطابہ نے غور سے اپنے ننھے معصوم بچوں کی طرف دیکھا جو پرسکون ہو کر اب سو چکے تھے مگر اس کا ذہن تو اب بیدار ہوا تھا۔

بہت سے چھوٹے بڑے واقعات اور باتیں جنہیں اس نے معمولی جانا تھا، اب ذہن کے پردے پر ابھر کر روشن ہو رہی تھی۔

بچوں کا سوتے میں ڈر جانا، نیند میں اکثر کچھ بڑبڑانا، کبھی کوئی بے جا ضد نہ کرنا، ڈر سے سہمے رہنا، سٹور روم میں جانے سے گھبرانا اور ابھی گزشتہ دنوں میں ہونے والا بچوں کا ری ایکشن۔

عام بچوں کی نسبت یہ سب باتیں جنہیں وہ تمیز سمجھ داری اور مینرز کا لحاف اوڑھے بیٹھی تھی۔

یہ سب تو اس آیا کے رویئے کی مرہون منت تھا۔ آیا کے سرد و غصیلے بیگانے اور تھوڑے کڑوے رویئے نے ان معصوم بچوں کا بچپن ہی چھین لیا تھا۔

رطابہ کو اپنا بچپن یاد آیا، بے فکر و بے خوف سا خوبصورت سنہرا بچپن، وہ جگنوؤں سی جگ مگ راتیں اور وہ تتلیوں سے رنگ بھرے دن جو اس کے ماضی کے کینوس کو رنگین اور یادگار بنائے ہوئے تھے۔ اس کا بچپن گاؤں میں بیتا تھا اور کوئی شک نہیں اس کی اعلیٰ تربیت میں اس کی ماں کا ہاتھ تھا۔

بیسٹ اور فیورٹ لکچرار اپنے بچوں کی تربیت و پرورش کے امتحان میں فیل ہو گئی تھی۔ وہ آہستگی سے بیڈ سے اتر کر اپنی cupboard کی جانب بڑھی جس کے نچلے دراز میں اس کے روشن بچپن کے خوب صورت لمحے قید تھے۔ رطابہ نے البم کھولا اور ایک کے بعد ایک تصویر دیکھتی رہی کہیں وہ اپنی امی اور ابو کی گود میں چڑھی بیٹھی تھی، تو کہیں برگد کے درخت کے نیچے جھولے پر، کہیں کھیتوں میں کھڑی گنا کھا رہی تھی۔

روشن آنکھوں اور مسکراتے لبوں کے ساتھ وہ تصویریں پلٹتی رہی تبھی اگلی تصویر پلٹتے ہوئے اس کے ہاتھ تھم سے گئے یہ تصویر اس دن کی تھی جب پرائمری پاس کر لینے

کے بعد گاؤں میں اس کا آخری دن بھی تھا اور وہ باری باری نم آنکھوں کے ساتھ سبھی گاؤں کی سہیلیوں اور ہم جھولیوں سے مل ملا کر دین محمد چاچا کی طرف آئی تھی، جنہوں نے پیار سے رطابہ کے سر پر ہاتھ پھیر کر ڈھیروں دعاؤں کے ہمراہ اسے اپنے ہاتھوں سے بنا گولک (گلا) دیا تھا، تبھی اس کے ابو اسے ڈھونڈتے ہوئے وہیں چلے آئے تھے اور یہ تصویر بھی انہوں نے ہی کھینچی تھی۔

وہ ان کو دیکھتی کتنی ہی دیر تلک اپنے بچپن کی یادوں میں کھوئی رہی۔

یک دم رطابہ کے ذہن میں دین محمد چاچا سے سنی بات کا جھماکا ہوا، دین محمد چاچا کے ہاتھ جتنے مہارت سے چلتے زبان بھی اتنی ہی تیزی سے چلتی رہتی، اسے دین محمد چاچا کی کہی بات یاد آئی۔

"بچے بھی چکنی مٹی کی مانند ہوتے ہیں جسے احتیاط سے پیار سے جیسی چاہے شکل میں ڈھال لیں آسانی سے ڈھل جاتے ہیں پر جب یہ مٹی سوکھ کر سخت ہو جائے تو اسے پھر سے کسی نئی شکل میں ڈھالنا مشکل ہو جاتا ہے۔"

واقعی کتنی بڑے پتے کی بات کہی تھی انہوں نے اس کا ادراک اسے آج ہوا تھا۔

***

منتخب عصری افسانوں کا ایک اور مجموعہ

کہانی ورثہ (حصہ: اول)

مرتبہ : سید حیدرآبادی

بین الاقوامی ایڈیشن جلد منظر عام پر آرہا ہے